국어시간에 세계단편소설읽기 1

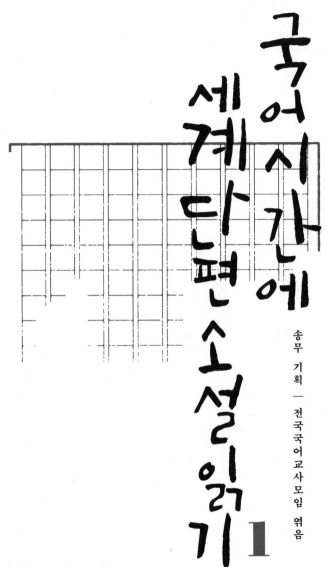

국어시간에
세계단편소설읽기

송무 기획 ― 전국국어교사모임 엮음

1

Humanist

국어 시간에 가장 많이 읽는 책

전국국어교사모임은 신나고 재미있는 국어 수업을 만들기 위해 20년이 넘게 애써 왔습니다. 특히, 중·고등학생들이 읽을 만한 책이 없는 상황에서 학생들이 즐겨 읽을 수 있는 책들을 펴내 청소년 문학에 새바람을 불러일으켰습니다. 학생들의 눈높이를 가장 잘 알고 있는 현장의 국어 선생님들이 엮은 '국어시간에 읽기' 시리즈는 학생들의 관심과 흥미를 살폈을 뿐 아니라, 학생들의 삶이나 현실과 맞닿아 있어 공감을 끌어낼 수 있었습니다.

우리 모임에서 청소년 문학으로 낸 첫 번째 책은 김은형 선생님이 수업에 활용했던 소설을 모아 엮은 《국어시간에 소설읽기 1》입니다. 이 책은 나오자마자 청소년 문학 베스트셀러가 되었습니다. 학생들의 눈높이에 맞는 책인지라 수업 시간에 가장 많이 읽는 책이 되었으며, 여러 권위 있는 단체에서 '중학생이 읽기 좋은 책', '중학생에게 읽기를 권장하는 책'으로 뽑았습니다. 우리는 이어서 《국어시간에 시읽기》, 《국어시간에 생활글읽기》 등을 차례로 펴냈고, 그 책들은 모두 현장 국어 교사들이 수업에 적극 활용하는 책이면서 학생들이 즐겨 읽는 책으로 자리 잡았습니다. 이후 아이들에게 더 많은 읽을거리를 제공하고 싶다는 바람으로 《국어시간에 세계단편소설읽기》, 《국어시간에 세계시읽기》, 《국어시간에 세계희곡읽기》 같은 세계 문학 선집도 엮게 되었습니다. 이 모든 읽을거리가 청소년들의 삶을 더욱 풍성하게 하고, 청소년들의 생각을 더 크고 넓게 해 줄 거라 믿습니다.

'국어시간에 읽기' 시리즈는 학생들에게 읽기의 즐거움을 맛보게 해 준 책입니다. 또한 청소년 문학 시장에 다양한 분야의 책이 나올 수 있도록 마중물 역할을 하였습니다.

'국어시간에 읽기' 시리즈를 통해 학생들이 세상을 이해하고 세상 속으로 한 걸음 나아가기를 기대합니다. 또한 우리 주변의 진솔한 삶의 이야기, 그 속에 숨어 있는 보석 같은 깨달음이 여러분과 함께 하기를 바랍니다.

이 책들이 모든 사람에게 오래도록 사랑받기를 바랍니다.

전국국어교사모임

경험과 생각과 상상이 자란다

중학생을 위한 세계 문학 선집을 내자고 계획했던 것도 벌써 몇 해 전 일입니다. 그동안 전국국어교사모임에서는 중학생들이 읽을 만한 우리 문학 작품집을 여럿 내놓았습니다. 하지만 우리 문학만으로는 여러 나라 사람들의 다양한 삶의 경험을 알고 싶어 하는 청소년들의 욕구를 다 채울 수 없었습니다. 그래서 우리 문학뿐 아니라 세계 여러 나라의 좋은 읽을거리를 다양하게 제공하는 것이 매우 중요하다고 생각했습니다.

청소년을 위한 세계 문학 작품이 서점에 없는 것은 아닙니다. 하지만 대부분 영미·유럽 문학 중심인 데다가 원작 그대로가 아니라는 데 문제가 있습니다. 즉, 원작을 많이 줄이고 쉽게 고쳐 써서 그저 읽기 쉽게 만들어 놓은 것입니다. 그런 책들을 읽는 것도 나쁘지는 않습니다. 하지만 서양 문학 중심으로만 읽으면 생각이 한쪽으로 기울기 쉽고, 쉽게 고쳐 쓴 탓에 원작의 원래 맛과 향기를 제대로 음미할 수가 없습니다. 그래서 원작의 내용을 손상시키지 않고 중학생들에게도 읽힐 수 있는 다양한 문화권에서 좋은 작품을 찾기로 하였습니다.

첫째 기준은 되도록 여러 문화권을 대표하는 작품을 고루 찾자는 것이었습니다. 생각을 넓히는 데는 서로 다른 삶의 조건에서 사는 사람들의 다양한 경험과 생각을 읽는 일이 무엇보다 큰 도움이 되기 때문입니다. 둘째 기준은 되도록 다양한 주제와 이야기 수법을 모으자는 것이었습니다. 사람들이 자신의 경험과 생각을 어떻게 개성 있게 표현하는가를 배울 수 있게 하기 위해서입니다. 물론 그러면서도 너무 어렵거나 길지 않아야 했습니다. 또 되도록이면 우리나라에 아직 소개되지 않은 작품이어야 했습니다.

그런 기준에 맞는 작품을 찾기 위해 수백 편의 작품을 읽었습니다. 하지만 모든 기준에 맞는 작품을 찾기는 생각만큼 쉽지 않았습니다. 내용이 좋으면 길이가 길든가, 다른 조건이 맞으면 주제가 적절하지 않든가, 또는 너무 한 문화권에 몰려 있었습니다. 무엇보다 안타까운 것은 저작권 문제로 좋은 작품들을 많이 포기할 수밖에 없었던 일입니다. 하여간 여러 곡절 끝에 21편의 작품을 두 권으로 나누어 실을 수 있게 되었습니다. 최종 선정 작업에는 전국국어교사모임의 여러 선생님이 참여해 주셨고 작품의 이해를 도울 수 있는 귀중한 도움말을 '생각 나누기'와 '생각 넓히기'라는 이름으로 써 주셨습니다.

우리 문학뿐 아니라 세계 문학까지 두루 읽어야 하는 까닭은 우리의 경험과 생각을 더욱 풍부하고 깊게 하기 위해서, 우리의 생각과 상상을 다양하고 자유롭게 표현할 수 있는 언어 능력을 기르기 위해서입니다. 이 책에 실린 작품들은 그런 일에 많은 도움이 되리라고 믿습니다. 이 책에 실린 이야기들을 재미있게, 그리고 꼼꼼하게 읽어 주기 바랍니다. 여러분이 재미있어 하면 우리는 앞으로 훌륭한 작품을 더 많이 소개할 준비가 되어 있습니다.

송무, 이영석, 황의열

차례

검문 Die Probe

헤르베르트 말레하 지음

이영석 옮김

헤르베르트 말레하 Herbert Malecha (1927~2011) ···

슐레지엔의 라티보르(현재 폴란드의 라치부쉬)에서 태어나 열다섯 살에 독일 공군 보조 학도병이 되었다가 이듬해 정식 방위군으로 동부전선에 투입되었다. 전쟁이 끝난 후에는 농장이나 공장의 일꾼, 도서관 사서, 상점 점원 등 여러 직업을 전전하였다. 그의 대표작인 〈검문〉은 튀빙엔대학을 졸업하고 준교사가 되었던 1955년에 발표한 작품으로 독일 단편소설 가운데 가장 탁월한 고전적 작품으로 손꼽힌다. 이 밖에 학습 교재용 현대시 선집도 출간하였다.

레트루프는 화가 난 운전사의 일그러진 얼굴을 떠올렸다. 날카로운 브레이크 소리 때문에 아직도 귀가 먹먹했다. 그는 두어 번 비틀거리다 다시 인도 위로 올라갔다.

"괜찮으세요?"

누군가가 팔꿈치를 잡아끄는 것처럼 느껴지자 그는 우악스런 몸짓으로 몸을 추슬렀다.

"네, 네, 괜찮아요, 고맙습니다."

어떤 노인이 자신을 지켜보고 있는 것을 알아챈 그는 건성으로 대답했다.

무릎에서 힘이 쑥 빠져나가는 느낌이 들었다. 속이 메스꺼워 토할 것만 같았다. 놀란 군중과 경찰만 없다면, 그냥 도로 위에 드러누웠을 것이다. 하지만 약한 모습을 보일 수가 없었다. 그저 눈에 띄지 않게 한낮의 사람들 사이를 달려 멀리 떠나야만 했다. 목에서 느껴지는 맥박이 조금씩 진정되었다.

그는 석 달 만에 처음 시내에 나왔다. 그리고 이렇게 많은 사람들 사이에 서게 된 것이다. 그 좁고 어두운 방에서 영원히 숨어 지낼 수는 없었다. 언젠가 한번은 이렇게 나와야만 했다. 다시 삶과 맞닥뜨리기 위해 모든 것을 벗어던져야 했다. 가능하면 겨울이 오기 전에 떠날 수 있도록 배를 찾아야 했다. 가볍게 한 손을 가슴 왼쪽에 대어 보았다. 안주머니에 들어 있는 여권이 만져졌다. 잘 만든 여권이었다. 적지 않은 돈을 지불하고 얻은 것이었다.

도로 위로 자동차들이 길게 줄지어 있었다. 도로를 꽉 메운 자동차들은 마치 떠밀려 가듯 앞으로 나아갔다. 사람들은 그의 곁을 지나쳐 갔고, 또 그의 앞으로 다가왔다. 그는 사람들과 부딪치지 않으려고 최대한 조심했다. 현란한 광고판 불빛에 물든 헬쑥한 얼굴들이 폭우처럼 밀려오는 모습은 그를 당황스럽게 했다. 그는 애써 다른 사람들과 보조를 맞추면서 폭풍 속을 함께 헤엄쳐 나갔다. 목소리들, 갖가지 대화의 파편들이 귀를 때렸다. 누군가 웃음을 터뜨렸다. 잠깐 동안 그의 눈길이 웃음을 터뜨린 어떤 여인의 얼굴에 멈췄다. 화장한 그녀의 벌린 입술이 검게 보였다. 멈췄던 자동차들이 다시 달리기 시작했다. 엔진 소리가 붕붕거렸다. 전차가 끼익 쇳소리를 내며 지나갔다. 다시 사람들, 사람들의 얼굴이 폭우처럼 밀려왔다. 수백 명의 말소리와 발소리가 들려왔다. 그는 자신도 모르게 손으로 목덜미의 옷깃을 부여잡고 걸어갔다. 목에 닿은 손가락이 땀에 젖어 차갑게 느껴졌다.

"도대체 무엇 때문에 이렇게 불안해하는 거야? 가당찮은* 망상이지. 이 많은 사람들 사이에서 누가 나를 알아보겠어?"

그는 중얼거렸다. 하지만 그는 자기 자신을 도무지 사람들 속에 숨어들 수 없는, 마치 물속의 코르크*처럼 여기저기 부딪히고 떠밀리는 존재처럼 느꼈다. 그는 갑자기 얼어붙은 듯 멈추어 섰다.

"가당찮은 망상에 불과한 거지."

그는 다시 그렇게 중얼거렸다.

석 달 전, 그의 이름은 광고탑의 붉은색 종이 위에 검은 글자로 나붙어 있었다. 옌스 레트루프. 사진이 엉망이었지만 어쩔 수 없었다. 신문에도 굵은 글자로 이름이 실렸다. 하지만 그 후 글자 크기가 이름 뒤의 의문부호와 함께 점점 작아져 한 줄 기사로 밀려나더니 이내 사라져 버렸다.

레트루프는 이제 뒷골목으로 들어섰다. 폭우처럼 쏟아진 사람들 무리도 한결 가늘어지더니 몇 개의 갈림길과 실개천으로 변했고, 마침내 사람들 각각의 모습과 걸음걸이가 드러났다. 그곳은 조금 더 어두웠다. 그는 옷깃을 젖히고 넥타이를 풀었다. 항구로부터 소금기 묻은 바람이 불어왔고, 그는 오슬오슬 한기를 느꼈다.

그때 그의 앞에 펼쳐진 도로 위로 환한 빛이 비춰졌다. 작은 선술집 안에서 누군가 문을 열고 나온 것이었다.

그를 따라 맥주 냄새와 담배 연기, 그리고 음식 냄새가 밀려왔다. 레트루프는 선술집으로 들어갔다. 카페처럼 꾸민 작은 술집 안은 빈자리가 많았다. 군인 두어 명이 둘러앉아 있었고, 그 사이에 화려하게 꾸민 여인들이 서 있을 뿐이었다. 작은 탁자들 위에는 붉은색 갓을 쓴 작은 등이 놓여 있었다. 구석에 놓인 주크박스에서 시끄러운 소리가 들려왔다. 카운터에는 뚱뚱한 사내가

• 가당찮은 | 형편에 전혀 맞지 않은.
• 코르크 | 병마개로 많이 쓰이는 가볍고 탄력 있는 것. 코르크나무 껍질로 만든다.

팔뚝을 드러낸 채 기대서 있었다. 사내가 흘낏 눈길을 주었다.

"코냑, 더블."

레트루프가 점원에게 말했다. 그런 다음 손에 들고 있던 모자를 옆의 빈 의자에 내려놓고, 담배 한 개비에 불을 붙였다. 깊이 한 모금을 빨아들이자 머리가 잠깐 멍해졌다.

술집 안은 따뜻했다. 레트루프는 두 발을 길게 뻗어 보았다. 음악이 바뀌었다. 기타 선율 사이로 옆 탁자의 낮은 대화 소리, 웃음소리가 들려왔다. 앉아 있기에 좋은 곳이었다.

카운터의 뚱뚱한 사내가 문 바깥쪽으로 고개를 돌렸다. 두 남자가 승용차 문을 닫고 내리는 모습이 보였다. 그들은 술집 안으로 들어왔다. 그중 키가 작고 고집이 세 보이는 남자가 술집 한가운데로 갔다. 키가 크고 긴 가죽 외투를 입은 또 한 남자는 옆 탁자로 걸어갔다. 두 사람 모두 모자를 벗지 않았다. 레트루프는 흘끔거리며 그들을 살폈다. 키 큰 남자가 옆 탁자 쪽으로 오더니 몸을 구부렸다. 그는 작고 번쩍이는 물건을 들고 있었다. 음악이 멈췄다.

"저 사람 뭐 하는 거야?"

옆 탁자의 흑인이 영어로 말했다.

"저 사람 뭐 하는 거야?"

흑인은 쉬지 않고 두툼한 입술을 움직거렸다. 함께 있던 여자가 손지갑에서 알록달록한 카드를 꺼냈다.

"저 사람 뭐 하는 거야?"

흑인은 계속 같은 말을 되풀이했다. 어느새 키 큰 남자가 다음 탁자로 갔다. 레트루프는 손톱 색깔이 변할 정도로 손에 힘을 주어 탁자 모서리를 움켜쥐었다. 담배 연기로 자욱한 실내가 가볍게 흔들리는 듯했다. 아주 가볍게. 그는 막 기울어지고 있는 바닥 위에서 탁자와 의자와 함께 천천히 미끄러질 것만 같은 기분에 사로잡혔다. 키 큰 남자는 술집 안을 한 바퀴 돌더니 동료에게 다가갔다. 키 작은 남자는 여전히 주머니에 손을 넣은 채 술집 한가운데에 서 있었다. 레트루프는 그가 키 큰 남자에게 뭔가 이야기하는 것을 보았다. 무슨 말을 하는지 알아들을 수는 없었다. 키 큰 남자가 곧장 레트루프에게 다가왔다.

"실례합니다. 신분증 좀 봅시다."

키 큰 남자가 말했다. 처음에 레트루프는 그 남자의 손에 들려 있는 둥근 금속성 물체를 보지 못했다. 레트루프는 담뱃불을 비벼 껐다. 갑자기 주위가 조용해졌다. 레트루프는 자신도 모르게 아주 차분해졌다. 하지만 여권을 꺼내기 위해 재킷 안주머니에 손을 넣었을 때는 아무것도 느낄 수가 없었다. 손이 마치 나무토막같이 느껴졌다. 키 큰 남자는 천천히 여권을 넘겨 보다가 잘 보기 위해 등불 아래로 가져다 댔다. 레트루프는 남자의 찌푸린 이마에 잡힌 주름을 세어 보았다. 하나, 둘, 셋.

남자가 여권을 돌려주며 말했다.

"감사합니다, 볼터 씨."

어색한 정적이 흘렀다.

"모두 응하는 일인걸요. 당연히 검문은 받아야지요."

레트루프는 머뭇거리다가 덧붙였다.

"범죄자처럼 말이지요."

레트루프의 목소리가 거칠게 퍼졌다. 그렇다고 그가 큰 소리로 말한 것은 아니었다.

"가끔 사람들은 서로 닮아 보인답니다."

남자는 그렇게 말하더니, 농담이라도 한 듯이 가볍게 웃었다.

"불 있어요?"

남자는 외투 주머니에서 반쯤 남은 시가를 꺼내 들고는 말했다. 레트루프는 성냥에 불을 붙여 건네주었다. 곧 두 남자는 그 자리를 떠났다.

레트루프는 의자 뒤로 몸을 기댔다. 그러자 긴장이 풀어지면서 술집 안에 흐르던 냉랭한 침묵이 녹아내렸다. 그는 환호성이라도 지르고 싶었다. 그랬다. 그것은 검문이었고, 그는 그 검문을 통과했다. 승리를 축하하듯 주크박스에서 다시 음악이 흘러나왔다.

"저기요, 모자 쓰고 가세요."

카운터의 뚱뚱한 사내가 말했다. 레트루프는 밖으로 나와 심호흡을 했다. 발걸음의 보폭*이 한결 넓어졌다. 그는 큰 소리로 노래라도 부르고 싶었다.

레트루프는 다시 사람들이 붐비는 거리로 나왔다. 불빛이 늘어났다. 가게와 건물 벽면의 조명들이었다. 극장에서 한 무리의 사람들이 몰려나왔다. 그들은 웃으며 수다를 떨었다. 레트루프는 그들 속으로 섞여 들어갔다. 그는 이제 사람들이 자신을 스쳐 지나가도 마음이 편했다.

"한스."

뒤에서 여자 목소리가 들렸고, 누군가 그의 팔을 잡았다.

"실례했습니다."

여자는 그렇게 말하고는 당황한 얼굴로 미소를 지어 보였다.

"너무 예쁘잖아."

레트루프는 혼자 중얼거렸다. 그는 걸어가면서 넥타이의 매무새를 다듬었다. 밝은색 아스팔트 위를 달리는 짙은 색 자동차들 안에서 음악 소리가 들려왔다. 건물들은 계단식 폭포처럼 방향을 바꿔 가며 빛을 쏟아 냈다. 신문팔이들이 석간*이 나왔다고 외쳤다. 엷게 김이 서린 커다란 유리창 너머 사람들이 짝을 지어 춤추는 모습이 희미하게 보였다. 음악 소리가 쿵쿵 고동치듯 거리에 울려 퍼졌다. 그는 마치 샴페인이라도 마신 기분이었다. 그렇게 영원히 걸어가고 싶었다. 그는 다시 사람들 무리 속으로 들어가게 되었다. 사람들과 보조를 맞춰 걸어도 힘들지 않았다.

사람들의 소용돌이 속에서 그는 광장을 지나 수많은 백열등과 거대한 현수막이 드리워진 건물 현관에 이르렀다. 입장권을 파는 창구 주변으로 사람들이 몰려들었다. 어딘가에서 확성기를

• 보폭 | 한 걸음의 너비.
• 석간 | 날마다 오후에 나오는 신문.

통해 음악이 울려 퍼졌다.

'저기 서 있는 여자는 조금 전 그 여자가 아닌가?'

레트루프는 그녀 바로 뒤에 줄을 섰다. 그녀가 고개를 돌리자 향수 냄새가 느껴졌다. 그녀 뒤에 바짝 붙어 밀려 들어갔고, 겨우 입구를 통과했다. 여전히 음악이 흐르는 가운데, 그는 문득 혼란스럽게 뒤엉킨 수백 명의 군중이 내는 소음을 들었다. 몇 명의 경찰이 군중들 사이에서 질서를 유지하고 있었다. 수위 복장을 한 남자가 그의 입장권을 받았다.

"저기요, 저기!"

남자가 갑자기 소리치며 레트루프의 등을 가리켰다. 사람들이 일제히 레트루프를 향해 얼굴을 돌렸고, 곧 검은 양복을 입은 남자가 다가왔다. 남자는 손에 번쩍이는 물건을 들고 있었다. 화려한 조명 불빛이 레트루프에게 쏟아졌고 누군가 다가와 커다란 꽃다발을 건네주었다. 두 소녀가 환하게 웃어 보이며, 양쪽에서 그의 팔짱을 꼈다. 카메라 플래시가 터졌다. 기쁨에 들뜬 우렁찬 목소리가 들려왔다.

"총감독으로서 진심으로 축하드립니다. 선생님은 이번 우리 행사의 10만 번째 방문객이십니다!"

레트루프는 귀먹은 사람처럼 멍하니 서 있었다.

"성함을 말씀해 주시겠습니까?"

총감독은 감격이 가시지 않은 표정으로 말했다. 거역할 수 없는 목소리였다.

"레트루프입니다. 옌스 레트루프."

레트루프가 대답했다. 자신이 뭐라고 말했는지 미처 깨닫기도 전에 스피커를 통해 그의 말은 이미 넓은 홀 구석구석에 울려 퍼졌다.

환호하는 사람들을 통제하고 있던 경찰의 대열이 갑자기 흔들렸다. 경찰들이 레트루프에게 다가왔다.

1 주인공은 지금 어떤 상황에 처해 있나요?

2 주인공의 마음이 어떻게 변하고 있는지 살펴보세요.

3 주인공은 마지막에 왜 이름을 말해 버렸는지, 주인공의 처지가
  되어 독백 형식으로 써 보세요.

이 소설을 읽다 보면 첩보 영화에서 흔히 봤을 법한 장면이 떠오른다. 이런 장면에서 우리는 대체로 불심검문을 피해 도망 다녀야 하는 수배자의 처지에 감정을 이입한다. 그런데 검문을 피해 숨어 다녀야 하는 자의 심리는 구체적으로 어떠할까? 이 소설에는 검문을 피해 숨어 다녀야 하는 자의 심리가 잘 나타나 있다. 게다가 행운이 도리어 불행을 가져오는 계기로 작용한다는 반전이 소설의 재미를 더해 준다.

레트루프는 수배 중이다. 숨어 지내다가 가짜 여권을 만들어 다른 사람 이름으로 한 발짝 세상 속으로 나온 참이다. 그러니 무심하게 스쳐 지나가는 사람들도 허투루 보이지 않는다. 레트루프의 불안감은 폭우처럼 사람의 물결에 휩쓸리면서도 그 물결 속에서 코르크처럼 외따로 떠 있는 것으로 나타난다. 땀에 젖은 몸이라든지, 검문을 받을 때 테이블을 움켜쥔 손, 변하는 손톱의 색깔 등으로 불안감이 고조되며 긴장을 더한다. 긴장감이 가장 높았을 때를 작가가 어떻게 표현했는지 심리 표현에 주목하면서 다시 읽어 보자. 이 소설의 구성이나 표현이 상당히 치밀하다는 것을 알 수 있다.

극적이었던 불안감이 검문을 무사히 통과한 이후에 어떻게 바뀌는가? 검문 이전과 이후에 그를 둘러싼 사람의 물결은 같지만 마음은 당연히 다르게 느껴진다. 기꺼이 노래라도 부를 듯한 심정, 마치 샴페인이라도 마신 듯한 기분으로 걸어 들어간 곳에서 그는 10만 번째 방문객이라는 행운을 잡는다. 그 행운이 반전이 되어 돌아올 줄 어찌 알았겠는가. 앞에서 가슴을 졸이게 했던 상황이 새로운 국면으로 바뀌며 소설은 끝난다.

레트루프는 왜 자기 이름을 말했을까? 소설 읽기는 인간 행동의 감춰진 면을 들추어 보는 일이라고 한다. 우리도 레트루프가 되어 그날의 진실을 말해 보자. 그리고 작가처럼 섬세한 심리 표현에도 도전해 보자.

돌이킬 수
없는 실수 Un fallo mortal

엘비라 린도 지음

김수진 옮김

엘비라 린도 Elvira Lindo (1962~) ··

스페인 남부의 카디스에서 태어나 마드리드대학에서 커뮤니케이션학을 전공하였다. 스페인 국영 라디오 방송의 아나운서로 일했으며, 많은 방송 대본을 썼다. 이때 쓴 라디오 드라마를 각색하여 발표한 것이 유명한 마놀리토 시리즈인데, 마드리드 외곽에 살고 있는 중산층 가정의 발랄하고 인정 많은 소년인 마놀리토 가포타스가 겪는 재미있는 일상 이야기를 담고 있다. 이 소설은 텔레비전 시리즈는 물론 두 편의 영화로도 제작되어 많은 사람의 사랑을 받았다.

내 상황에서 레알 마드리드 팀 이외의 다른 선택은 있을 수 없었다. 아버지도 레알 마드리드 팬이고, 노르웨이의 한 식당에서 일하고 있는 삼촌도 역시 레알 마드리드 골수팬이니, 나는 타고난 레알 마드리드 일원일 수밖에 없었다. 레알 마드리드 팀이 이 땅에 존재하기 훨씬 전에 이 지구상에 최초로 존재했던 가르시아 모레노 가문의 조상님들이 동굴에서 나와 이렇게 말한 게 틀림없다.

"먼 훗날 언젠가 축구라는 운동경기가 생겨날 것이고, 레알 마드리드라는 축구팀이 결성될 것이다. 내 눈으로 레알 마드리드 팀의 경기를 직접 볼 수 없는 게 안타깝도다!"

"하지만 우리의 후손들은 볼 수 있을 걸세!"

이 얼마나 감동적인 장면인가. 결국 카라반첼 알토 마을에 살면서 레알 마드리드 팀을 응원하지 않을 거라면, 차라리 입을 봉하고 살든지 일찌감치 다른 곳으로 이사를 가는 게 나을 거라는 이야기다. 내가 만일 레알 마드리드 팬이 아니었더라면, 그건 우리 가문의 수치일 것이고, 주먹 좀 쓰는 이하드는 내게 우격다짐을 할 게 분명하며, 아버지는 차마 고개를 들고 다닐 수조차 없을 거다. 또 아래층에 사는 루이사 아주머니는 엄마한테 이렇게 말했을 것이다.

"어머나, 이 집 아들은 레알 마드리드 팬이 아니라면서요? 아무래도 정신과에 가 봐야 하는 것 아닌가요?"

이건 결코 과장이 아니다. 그 증거로 1995년 1월 7일에 있었던 사건을 이야기하겠다.

그러니까 그 역사적인 토요일 낮, 레알 마드리드 팀과 바르셀로나 팀 간에 빅게임이 예정되어 있었다. 엄마는 할아버지와 아버지를 위해서는 달걀을 덜 익힌 토티야* 한 판을, 나와 내 동생 '밥맛'의 도시락으로는 달걀을 푹 익힌 토티야 한 판을 싸 주셨다. 나와 '밥맛'은 한 입 물었을 때 끈끈한 달걀노른자가 흘러나오는 걸 별로 좋아하지 않기 때문이다. 엄마는 통신판매 회사를 통해 사 놓은 토티야 전용 도시락 통에 음식을 넣어 주고 아쉬워하며 눈물로 우리를 배웅해 주었다.

경기를 보기 위해 집을 나온 사람들은 우리 가족만이 아니었다. 온 동네 사람들이 거리로 쏟아져 나왔던 것이다. 하지만 이 사람들이 모두 경기장으로 가고 있는 건 아니다. 사실은 우리 동네에서 제일 유명한 식당인 엘 트로페손으로 가고 있었다.

일단 축구 경기가 있는 날이면 사람들은 각자 집에서 마련한 도시락을 들고 엘 트로페손에 모였다. 주인아저씨는 레알 마드리드의 경기가 있는 역사적인 날에 자신만 주방에 들어가 음식을 만들 수 없다고 항의하듯 말했다. 그랬다가는 가장 중요한 '골인' 순간을 놓칠 게 뻔하다는 것이었다. 그래서 하루는 할아버지가 이렇게 말했다.

"그렇게 불평하려면 아예 식당 문을 닫아 버리지 그러나?"

그렇지만 주인아저씨는 혼자 안방 텔레비전 앞에서 경기를 지켜보는 건 도무지 감동이 없다면서, 역시 중계는 자기 식당에서 사람들과 어울려 함께 보는 게 최고라고 고집했다. 결국 아저씨는 전략을 마련했다. 경기 시작 직전, 식당에 모인 사람들한테 "거기 와인 몇 잔 줄까? 생맥주 몇 잔?" 하고 묻는다. 아버지가 "생맥주 열일곱 잔!" 하고 대답하면, "너무 적을 것 같은데……. 나중에 후회하지 말고 잘 생각해서 주문하게나!"라고 대꾸한다. 그럼 아버지는 영락없이 "그럼 스무 잔 주시오. 아무래도 모자라는 것보다는 남는 게 나으니까."라고 말한다. 이렇게 탁자마다 주문을 받아 그 수대로 술잔을 스탠드 위에 줄지어 세워 놓으면 준비가 끝나는 것이다. 가끔 경기 도중에 울먹이듯 애원하는 사람들도 있다.

"아저씨, 제발 맥주 한 잔만 더 줘요. 열 뻗쳐 죽겠네!"

그러면 주인아저씨는 스탠드 안쪽에서 나 몰라라 하는 표정으로 이렇게 대답한다.

"미안하네. 그러기에 진작 잘 생각해서 주문하라고 했지?"

독자 여러분은 믿기 어렵겠지만 주인아저씨의 이런 손님맞이 태도에도 단골 식당을 다른 곳으로 바꿔 버리는 사람은 한 명도 없었다.

아저씨가 내건 좌우명은 바로 다음과 같았다. '손님들한테는

• 토티야 | 밀가루나 옥수수가루로 빈대떡처럼 만들어 속에 채소나 고기를 넣고 싸 먹는 음식.

강하게 대해야 한다. 주인 말이 곧 법이다. 억울하면 주인이 되면 될 것 아닌가. 내 방식이 마음에 들지 않으면 다른 식당으로 가도 좋다. 중국 사람보다 더 많은 게 곳곳에 널린 식당들이니.'

아저씨는 이 좌우명을 타일에 박아 가족사진과 함께 스탠드 위에 세워 놓았다. 사진은 다섯 자녀들과 함께 찍은 것인데, 그 밑에 이런 글귀가 새겨져 있었다. '오늘도 무사히! 아빠, 과속하지 마세요!'

사실 아저씨는 자동차도 없고, 운전면허조차 없다. 그래서인지 카 오디오가 달려 있고, 트럭 조수석에 나나 '밥맛'을 태우고 다니는 우리 아버지를(아버지는 트럭 운전사다.) 늘 부러워했다.

그날, 그러니까 1월 7일 토요일에도 카라반첼 알토 마을 사람들은 하나같이 엘 트로페손 식당에 모였다. 근처 다른 식당에서 의자를 빌려다가 꾸역꾸역 끼어 앉아 있는 모습은 참으로 인상적이었다. 물론 그 속에 나도 끼어 있었다. 나는 아버지의 핏줄을 이어받아 축구를 무척이나 좋아하는 것처럼 잔뜩 폼을 잡고 있었다. (머리가 돌아가기 시작한 이후로 나는 늘 축구를 좋아하는 척하고 다녔다.) 어쨌거나 트럭 조수석에 나 대신 '밥맛'이 앉아 있는 모습은 상상조차 하기 싫었으니까. 이런 이유로, 나는 솔직히 축구를 보면서 아무런 감흥을 느낄 수 없었지만, 단 한 번도 그 사실을 이야기하지 못한 채 지금까지 지내 온 것이었다. 난 내 주변 상황에 맞는 사람으로 살아갈 필요가 있었던 것이다.

일단 골이 들어가면 나는 다른 사람들보다 좀 더 크게 고함을 지르거나 껑충껑충 뛴다. 그러다가 가끔은 실수를 하기도 하는데, 그 '재수 없던' 토요일도 예외는 아니었다.

그날의 실수는 내 평생 가장 치명적인 실수였다. 레알 마드리드 팀이 네 번째 골을 성공시키자 나는 탁자 위로 뛰어 올라가 심호흡을 하고는 내 덩치에서 뿜어낼 수 있는 가장 큰 목소리로 이렇게 외쳤다.

"자 다 같이! 로~마리우 만세! 만세! 만세!"

내가 너무나 열을 올리며 소리친 탓인지 안경알마저 뿌옇게 변해 앞을 볼 수가 없었다. 그런데 순간 주변에 정적이 흐르는 것을 느낄 수 있었다. 마치 무덤과도 같은 정적이었다. 나는 도대체 무슨 일인가 싶어 안경알을 닦아 냈다. 사람들은 이제 나를 쳐다보는 대신 아버지를 노려보고 있었다. 마치 똘똘 뭉친 단체 속에 느닷없이 이방인이 하나 들어와 앉아 있다는 듯한 눈이었다. 사람들은 아버지가 내게 한 방 날려 주기를 바라는 것 같았지만, 아버지는 엄마와는 달리 물리적 폭력을 싫어하는 분이라 그저 말없이 고개를 숙였다. 나는 마치 식당에 모여 있던 사람들이 일제히 나를 두들겨 패기라도 한 듯한 아픔을 느꼈다. 하지만 엘 트로페손에 모인 사람들 역시 구태의연한* 물리적 폭력을 행사하는 사람은 아니었다. 나는 도움을 구하려고 할아버지를 찾

* 구태의연한 | 낡은 생각이나 태도가 조금도 바뀌지 않고 옛날 그대로인.

았다. 그런데 그 긴박한 상황 속에서 할아버지는 한쪽 구석에서 단잠에 빠져 있었다. 이하드가 얼음 조각 하나를 내 쪽으로 던졌다. 얼음 조각이 튀어 내 안경에 부딪쳤고, 나는 안경을 벗어 닦았다. 사실 나는 얼음 조각을 던져 준 이하드한테 오히려 고맙다고 말하고 싶은 심정이었지만 아버지는 기분이 상한 것 같았다. 아버지가 이하드 아버지한테 말했다.

"여보게, 자네 아들이 가엾은 우리 아들을 괴롭히는데, 이대로 내버려 둘 생각인가?"

그러자 이하드 아버지가 말했다.

"이봐, 마놀로, 자네 아들 스스로 매를 벌었다고 생각해야 할걸세. 로마리우가 레알 마드리드 팀이 아니라 바르셀로나 팀 선수라는 것 정도는 알고 있어야 하는 것 아닌가? 그런 것조차 모른다면 아예 나오지 말든가. 세상에! 어떻게 그런 걸 모를 수가 있단 말이야! 게다가 안경에 금이 간 것도 아니고, 진짜 주먹다짐을 한 것도 아니지 않나. 솔직히 우리 이하드의 행동에는 어디 하나 나무랄 데가 없었다고 보네. 아이들이 다 그렇지 뭐. 마놀로, 자네야말로 아들 녀석한테 집으로 돌아가 밖에 나오지 말라고 하는 게 나을걸세.

아버지는 뭔가 말을 하려 했지만, 바로 그 순간 레알 마드리드 팀이 다섯 번째 골을 성공시켰고, 그 덕에 식당에 모인 사람들은 내가 받았던 정신적 고통 같은 것은 순식간에 잊어버리고 말았다.

나 역시 모든 것을 잊고 싶었다. 내가 그럴 수 있다면 이하드

역시 모든 것을 잊을 수 있을 테니까. 하지만 나는 알고 있었다. 월요일 아침이면 전교생이 이 헛다리 사건을 떠들어 대고 있을 거라는 걸.

집에 돌아와 잠자리에 들자, 아버지가 나지막이 말했다.

"마놀리토, 너무 걱정 말거라. 내일 아빠가 레알 마드리드 팀 명단을 다 적어 줄 테니까. 아무도 널 놀리지 못하게 말이다."

곧 방 안은 어둠 속에 잠겼다. 얼마간 시간이 흘렀다. 아마도 이 세상에 깨어 있는 사람은 나밖에 없을 거라는 생각이 들었다. 그런데 그때, 할아버지가 들어와 말했다.

"마놀리토, 오늘은 이 할아비랑 함께 잘까? 어째 발이 시린 게 너랑 같이 자면 따뜻할 것 같구나."

나는 할아버지 침대 속으로 들어갔다. 우리는 침대 반대편에 난 창문 쪽을 바라보고 누웠다.

"마놀리토, 걱정할 것 하나도 없다. 다음번 경기에는 토티야 도시락을 먹고 나랑 함께 구석 자리로 가자꾸나. 같이 한숨 늘어지게 자 버리는 거야. 아마 아무도 너를 쳐다보지 않을 거다."

"할아버지, 할아버지는 이 세상 일이 하나도 중요하지 않아?"

"아니야, 이 할아비한테도 소중한 게 딱 두 가지 있단다. 바로 너하고 네 동생이야."

할아버지, 내가 세상에서 가장 좋아하는 할아버지는 이렇게 늘 내 편이었다. 할아버지는 어느덧 잠 속으로 빠져들고 있었다. 나는 슬쩍 할아버지를 흔들어 깨우면서 그동안 궁금했던 것을 물었다.

"할아버지, 나하고 '밥맛' 중에 내가 조금 더 소중하지?"

"조금 더? 그래 맞아. 하지만 그런 건 중요한 게 아니란다."

금세 할아버지의 코 고는 소리가 들리기 시작했다. 나는 할아버지 입안에 손을 넣어 틀니를 빼면서 말했다.

"할아버지, 할아버지는 나 없으면 어떻게 하려고 해? 내가 다 해 줘야 하잖아?"

할아버지는 코 고는 소리로 대답을 대신했다. 마을을 통째로 뒤흔들다시피 울려 대는 '드르렁' 소리로.

1 이 소설을 읽으면서 가장 재미있었던 부분은 어디인가요?

2 식당에서의 상황을 마놀리토, 아버지, 이하드, 이하드의 아버지, 할아버지, 마을 사람들을 등장시켜 한 장면의 만화로 그려 보세요. 소설에 있는 대사를 이용해 말풍선도 만들어 보세요.

3 여러분이 살아오면서 '돌이킬 수 없는 실수'를 한 적이 있다면 이야기해 보고, 그때 주변 사람들의 반응도 이야기해 보세요.

이 소설의 배경은 스페인이다. '투우사'와 '축구 선수', 이 두 가지는 스페인에서 매우 인기 있는 직업이라고 한다. 그만큼 스페인 사람이 투우와 축구에 갖는 열정은 남다르다.

스페인 사람들이 이렇게 축구를 광적으로 좋아하게 된 데에는 오래된 사연이 있다. 1930년대 후반 스페인은 잔혹한 내전을 치렀다. 내전 후, 스페인은 프란시스코 프랑코라는 강력한 독재자를 지도자로 맞았다. 그 후 프랑코의 무자비한 통치는 1975년 그가 죽을 때까지 계속되었다.

프랑코 시대는 한마디로 암흑의 시대였다. 그 당시 사람들은 거의 귀와 입을 막고 살아야 할 만큼 자유를 구속받았다. 대부분의 사람들이 불만을 발산할 수 있는 유일한 분출구는 축구였다. 이후 스페인 축구는 국민의 전폭적인 성원에 힘입어 급성장했다. 현재까지도 세계적인 축구 스타들이 총집결하는 유럽 최고의 축구 시장으로 손꼽히고 있다.

이러한 스페인에서 축구를 별로 좋아하지 않는 주인공 마놀리토가 엄청난 실수를 저지른 것이다. 그런데 마놀리토의 실수보다 우리를 더 웃음 짓게 하는 것은 마놀리토의 주변 사람들이다. 마놀리토의 아버지, 친구 이하드, 아하드의 아버지, 그리고 할아버지까지 모두 우리에게 웃음을 준다. 특히 할아버지의 절대적인 믿음과 사랑이 마놀리토뿐 아니라 우리의 마음도 따스하게 해 준다.

여러분은 살면서 어떤 실수를 저질렀는가? 그때 여러분을 사랑하는 주변 사람들의 반응은 어떠했는가? 여러분에게는 마놀리토의 할아버지와 같은 가족이 있는가? 한 번 더 곰곰이 생각해 보자. 과연 그 일은 정말 '나'의 실수였던 것일까?

전화 A Telephone Call

도로시 파커 지음

송무 옮김

도로시 파커 Dorothy Parker (1893~1967) ··

미국 뉴저지 주 웨스트엔드에서 태어나 뉴욕에서 자랐다. 학교를 졸업한 뒤 신문에 연
극 비평과 서평을 썼다. 날카로운 기지와 신랄한 시각이 돋보이는 글로 주목을 받았으
며,《뉴요커》지에서 고정 칼럼을 맡으면서 더욱 명성을 얻었다. 첫 시집《넉넉한 밧줄》
이 베스트셀러가 되면서 창작에만 전념하게 되었고, 단편소설로 〈오헨리상〉을 받기도
하였으며, 희곡과 시나리오를 쓰기도 하였다. 주요 작품집으로는 시집《죽음과 세금》,
소설집《삶을 위한 탄식》,《그러한 즐거움 뒤에》등이 있다. 그 밖에 간결하고 경쾌한
어조의 풍자시와 재치와 해학이 가득 찬 언어로 현대인의 삶을 신랄하게 풍자한 단편
소설을 많이 발표하였다.

제발, 하느님, 그 사람이 지금 저한테 전화 좀 하게 해 주세요. 사랑하는 하느님, 저한테 전화 좀 하게 해 달라고요. 다른 부탁은 안 할게요. 정말이에요. 큰 부탁도 아니잖아요. 힘든 일도 아니에요. 하느님한테는 아주 하찮은 일이니까요. 그냥 전화만 하게 해 주면 돼요, 네? 제발요, 하느님. 제발요, 제발, 제발.

이런 생각을 하지 않으면, 전화가 올까? 가끔 그런 경우가 있잖아. 딴생각을 하고 있으면 말이야. 그럴 수만 있다면 말이지. 다섯씩 500까지 세면, 전화가 올까? 천천히 세어 보자. 빼먹지 말고. 300까지 세었는데 벨이 울리면, 그래도 멈추지 말아야지. 500까지 다 세기 전에는 받지 말아야 해. 다섯, 열, 열다섯, 스물, 스물다섯, 서른, 서른다섯, 마흔, 마흔다섯, 쉰…… 아, 제발 좀 울려라, 제발.

시계를 보는 건 이게 마지막이야. 다신 보지 말자. 7시 10분. 그 사람이 다섯 시에 전화를 하겠다고 했지. "자기야, 다섯 시에 전화할게."라고 말이야. 그때 그 사람이 나를 '자기야'라고 부른 거 같아. 분명 그렇게 불렀어. 두 번이나 '자기'라고 불렀지. 한 번은 작별 인사를 하면서였고. "그럼 안녕, 자기야."라고 했어. 그 때 그 사람, 바빴어. 게다가 사무실에서는 말을 길게 하기 어렵잖아. 그래도 두 번이나 나를 '자기'라고 불렀다고. 내가 전화한 게 싫진 않았을 거야. 하기야 자주 해서 좋을 건 없겠지만. 자주 하면 누구든 싫어하잖아. 전화를 자주 하면 자기한테 마음이 있다고 생각하고, 자기를 좋아한다고 생각하게 돼. 그러면 아무래도 귀찮은 마음이 들기 마련이지. 그래도 난 3일 동안이나 그 사람한테 말을 걸지 않았어. 3일 동안이나 말을 걸지 않았다고. 그저 지나가는 인사만 했지. 다른 사람들 대하듯이 그냥 인사만 했어. 설마 그게 싫진 않았겠지? 그걸 두고 내가 성가시게 한다고 생각하기야 했겠어? 그 사람이 "아냐, 물론, 괜찮아."라고 했잖아. 그리고 전화를 해 주겠다고 했어. 굳이 그런 말까지는 할 필요가 없었는데 말이야. 내가 뭐 전화해 달라고 했나? 그런 적 없었어. 정말 그런 적 없어. 전화를 하겠다고 하고서는 안 할 사람 같지는 않은데 말이지. 아이고, 하느님, 그런 일은 없도록 해 주세요. 제발.

"자기야, 다섯 시에 전화할게." 그러고는 "안녕, 자기야."라고 했지. 그때 그 사람, 바빴어. 서두르고 있었잖아. 주변에 사람들도 많았고. 그런데도 두 번이나 나를 '자기'라고 불렀어. 나를 그렇게 불렀단 말이야. 그걸로 됐어. 다신 못 만난다 해도 그거면 됐어. 아냐, 아니지, 별것 아니잖아. 그걸로 부족해. 그 사람 다시 못 만나면 무슨 소용이야. 하느님, 그 사람 다시 만날 수 있게 해 주세요. 제발요. 저 그 사람 없으면 안 돼요. 그 사람 없인 못 살아요. 제가 잘할게요, 하느님. 착한 사람 되려고 노력할게요. 정말요. 그 사람 다시 만날 수 있게만 해 주면요. 그 사람이 전화를 하게만 해 주면요. 아, 지금 전화하게 해 줘요.

오, 하느님, 제 기도를 너무 하찮게 여기시는 거 아니에요? 하느님, 흰머리 휘날리시는 할아버지 하느님, 당신은 저 높은 곳에서 천사들을 잔뜩 거느리고 은하수가에 앉아 계시지요. 저는 그 사람이 저한테 전화 좀 하게 해 달라는 소원을 빌려고 하느님을 찾는 거고요. 아, 웃지 마세요, 하느님. 하느님은 이게 어떤 기분인지 모르시죠? 당신은 거기 푸른 별들 위 드높은 옥좌에 떡하니 앉아 계시니 아무런 걱정이 없지요. 아무것도 당신을 건드리지 못하니까요. 아무도 당신의 가슴을 쥐어틀지 못하니까요. 하느님, 이건 고통이랍니다. 이건 정말 견딜 수 없는 고통이라고요. 도와주시지 않을래요? 당신의 아들을 위해 도와줘요. 당신 아들의 이름으로 기도하면 뭐든 들어주신다고 했잖아요. 아, 하느님, 당신의 독생자*이신 우리 주 예수 그리스도의 이름으로 그 사람이 전화를 하게 해 주세요.

그만두자. 이딴 식으로 해서는 안 돼. 생각해 봐. 젊은 남자가 여자한테 전화하겠다고 하고서 무슨 사정이 생겨 전화를 못한다고 치자. 그거 뭐, 큰일은 아니잖아. 그런 일, 어디서나 늘 일어나는 일 아냐? 지금 이 순간에도 일어나고 있는 일이라고. 아, 내가 왜 온 세상 사방에서 일어나는 일에 신경을 쓰고 있는 거지? 저 전화통은 왜 울리지 않는 거야? 왜 안 울려, 왜? 너 좀 울려 주면 안 되겠니? 아, 제발 좀 울려 주면 안 돼? 이 망할 것, 번들번들하니 못생겨 빠진 것! 좀 울려 주면 탈이 나? 뭐, 탈 난다고? 이 빌어먹을, 네 지저분한 선을 확 뽑아 그 잘난 검은 상판을 박살 내

---

* 독생자 | 하느님의 외아들이라는 뜻으로 예수를 이르는 말.

버릴 거야. 빌어먹을, 지옥에나 가거라.

아냐, 아냐, 아냐. 관두자. 생각을 딴 데로 돌려야지. 이렇게 하자. 시계를 다른 방에 두는 거야. 그러면 시계를 볼 수 없잖아. 꼭 시계를 봐야 한다면, 침실로 들어가야 할 테니까, 좀 성가시지 않겠어? 다시 시계를 보기 전까지는 전화가 오겠지. 전화가 오면 아주 상냥하게 받아 줘야지. 오늘 저녁에 만나지 못한다고 하더라도 이렇게 말하는 거야. "뭐, 괜찮아요, 자기. 뭐, 당연히 괜찮죠." 처음 만났을 때처럼 대할 거야. 그럼 날 다시 좋아해 주겠지? 처음에는 내가 늘 사근사근하게 대해 줬잖아. 아, 사랑에 빠지기 전까지는 누구든 사근사근하게 대해 주는 게 조금도 어렵지 않은데 말이야.

아직도 날 조금은 좋아하겠지? 그렇지 않으면 어떻게 하루에 두 번씩이나 나를 '자기'라고 부르겠어? 다 끝난 건 아냐. 아직 조금은 좋아하고 있다면 말이지. 아주 조금이라도, 조금이라도 말이야. 있잖아요, 하느님, 하느님이 만약 그 사람한테 전화를 하게만 해 준다면 더 이상 부탁드릴 것도 없어요. 그 사람한테 사근사근하게 대할 거고, 재미있게 대할 거고, 늘 하던 방식으로 대할 거예요. 그럼 그 사람도 저를 다시 사랑해 줄 거고요. 그러면 저도 하느님한테 더 이상 부탁드릴 필요가 없어요. 아시겠어요, 하느님? 그러니 제발 전화 좀 하게 해 주시겠어요? 그렇게 좀 안 해 주실래요? 제발 좀 그래 줘요, 제발, 제발요.

하느님, 저를 나쁜 사람으로 보고 저한테 벌을 내리시는 건가요? 제가 한 그 일 때문에 화를 내고 있는 거예요? 하느님, 세상에 나쁜 사람이 얼마나 많아요. 저한테만 심하게 구실 필요는 없잖아요. 그게 별로 나쁜 짓도 아니고 말이에요. 그게 왜 나빠요. 제가 누구한테 해를 끼쳤나요, 하느님? 누구한테든 무슨 해를 끼쳐야 나쁘다고 할 수 있잖아요. 우린 한 사람도 해친 적 없다고요. 아시잖아요. 그게 나쁜 일이 아니란 걸 하느님도 아시잖아요. 그렇죠, 하느님? 그러니 전화 좀 하게 해 주실래요?

전화가 안 오면 틀림없이 하느님이 내게 화를 내고 있는 걸 거야. 다섯씩 500까지 세자. 그때까지 전화가 안 오면 하느님이 날 도와주지 않는 걸로 생각하겠어. 다시는 안 도와줄 거야. 그걸 징표*로 삼겠어. 다섯, 열, 열다섯, 스물, 스물다섯, 서른, 서른다섯, 마흔, 마흔다섯, 쉰, 쉰다섯…… 맞아. 그거 나쁜 짓이었어. 나쁜 짓인 줄 알고 있었지. 좋아요, 하느님. 저를 지옥에 보내세요. 하느님은 지금 제가 지옥에 갈까 봐 겁먹고 있다고 생각하시는 거죠? 하느님의 지옥이 제 지옥보다 더 무서울 거라고 생각하시는 거죠?

안 돼. 이래선 안 돼. 전화하는 게 좀 늦어질 수도 있잖아. 그게 어디 짜증 낼 일이야? 전화를 안 할 수도 있어. 전화를 안 하고 곧바로 이리 올지도 모르잖아. 내가 울고 있었다는 걸 알면 짜증을 낼 거야. 사람들은 우는 거 싫어하잖아. 그 사람은 절대 우는

---

* 징표 | 어떤 사실이나 뜻을 나타내는 물건이나 표시.

법이 없어. 제발 그 사람을 좀 울려 봤으면. 울면서 방을 왔다 갔다 하게 하고, 가슴을 천근만근 무겁게 하고, 속이 곪아 터지게 만들 수만 있다면 얼마나 좋을까. 죽어라고 속상하게 만들 수만 있다면 얼마나 좋아.

설마 그 사람이 내 속을 상하게 하고 싶은 건 아니겠지. 그 사람은 자기 때문에 내가 어떤 심정이 되는지도 모르는 것 같아. 말하지 않아도 알아주면 좀 좋아? 내가 당신 때문에 슬프다고 말하면 사람들은 싫어하지. 당신 때문에 내가 불행하다고 하면 누구나 싫어해. 그런 말을 하면, 사람들은 내가 독점욕이 강하고 무리한 요구를 한다고 생각하지. 그러고 나면 네가 싫어지는 거야. 네가 속마음을 털어놓을 때마다 싫어져. 그래서 늘 이것저것 자잘한 신경전을 벌일 수밖에 없다니까. 아, 우린 그럴 필요가 없을 줄 알았지. 이건 아주 큰 문제라 마음을 다 털어놓을 수 있다고 생각했어. 하지만 불가능해. 영원히. 그만큼 중요한 문제가 존재하지도 않을 거고. 아, 전화를 해 주기만 하면 자기 때문에 슬펐다는 말 같은 건 하지 않을 텐데. 사람들은 슬퍼하는 사람을 싫어하잖아. 난 사근사근하고 명랑하게 대할 수 있어. 날 좋아하지 않고는 못 배길걸. 전화를 해 주기만 하면 말이야. 전화를 해 주기만 하면.

지금 걸고 있는 중일지도 몰라. 아니면 전화하지 않고 그냥 곧장 이리 오고 있는지도 모르고. 지금 오고 있는 중인지도 모른단 말이야. 무슨 일이 있었을지도 모르잖아. 아냐, 그럴 리는 없어. 그 사람한테 무슨 일이 일어나는 거 상상할 수 없어. 설마 교통사고가 났겠어? 꼼짝 않고 죽어 누워 있는 걸 어떻게 본단 말이야. 아니, 죽어 버리면 좋겠어. 그런데 이거 너무 끔찍한 소원 아냐? 아냐, 근사한 소원이야. 죽으면 내 것이 되잖아. 그 사람이 죽어 버리면 지금 같은 순간이나 지난 몇 주일 동안 겪은 괴로움은 다시 생각나지 않을 거야. 좋았던 때만을 기억하겠지. 다 아름답게만 기억될 거야. 죽어 버리면 좋겠어. 제발 죽어 버려, 죽어, 죽어 버리라고.

바보 같긴. 약속한 시간에 전화를 하지 않는다고 죽기를 바라다니, 이런 바보가 어디 있담. 내 시계가 빠를지도 모르잖아. 맞는다는 보장도 없고. 실은 그 사람이 늦는 게 아닐지도 몰라. 무슨 일이 있어서 조금 늦을 수도 있는 일이고. 퇴근이 늦는지도 모르지. 집에 갔는지도 몰라. 집에서 전화를 하려고 말이야. 그런데 누군가 들어온 거야. 그 사람은 다른 사람들 있는 데서 나한테 전화하는 걸 꺼려 하잖아. 날 기다리게 해서 걱정이 될 거야. 조금은, 아주 조금은 말이지. 혹시 내가 전화 걸어 주기를 바랄지도 모르지. 그래, 내가 전화할 수도 있잖아. 내가 먼저 전화할 수도 있는 일이라고.

아냐. 안 돼. 안 돼. 오, 하느님, 제가 먼저 전화를 걸게 해서는 안 돼요. 전화를 못하도록 해 주세요. 압니다, 하느님. 저도 하느님만큼 잘 알아요. 그 사람이 정말 제 걱정을 한다면 지금 어디에 있건, 옆에 사람들이 얼마나 있건 전화를 하리라는 거 말이에요. 제발 하느님, 제가 그걸 깨닫게 해 주세요. 그걸 쉽사리 깨 닫게 해 달라는 건 아니에요. 그렇게는 못하실 거예요. 제아무리 하느님이 세상을 창조하셨더라도 말이에요. 하느님, 그저 제가 깨닫게만 해 주세요. 희망을 품지 않도록 해 주세요. 자신을 위안하지 못하도록 해 주세요. 사랑하는 하느님, 제발 희망을 버리게 해 주세요. 제발요.

전화를 하지 않겠어. 목숨이 붙어 있는 한, 난 절대 그렇게 못해. 그 사람이 지옥에서 썩어 가고 있다 해도 난 못해. 하느님, 제게 힘을 주실 필요 없어요. 힘이 있거든요. 그 사람은 맘만 먹으면 얼마든지 내게 연락할 수 있어. 내가 지금 어디에 있는지 알고 있잖아. 그 사람은 내가 지금 여기서 기다리고 있다는 걸 알고 있어. 그 사람은 내 마음을 잘 알아. 아주 잘 안다고. 그런데 사람들은 상대방을 잘 알게 되면 왜 금방 그 사람을 싫어하게 되는 거지? 난 상대방을 잘 알게 되면 더 좋아질 것 같은데.

내가 전화하는 거야. 어렵지 않아. 하고 나서 제정신이 들겠지만. 꼭 바보 같은 짓이라고 할 수도 없어. 그 사람도 싫어하지 않을 거야. 아니, 좋아할지도 몰라. 혹시 지금 나한테 연락을 하려고 애쓰고 있는 건 아닐까. 누구한테 계속 전화를 거는데 전화가 걸리지 않는 경우가 있잖아. 나를 스스로 위로하려고 이런 말을 하는 게 아냐. 실제로 그런 경우가 있어. 하느님도 아시죠? 그런 경우가 정말 있다는 걸? 오, 하느님, 저 전화기 가까이 가지 못하도록 해 주세요. 가까이 가지 못하게요. 그래도 아직은 자존심을 조금이라도 지키게 해 주세요. 제게도 그게 필요하지 않겠어요, 하느님? 제게 남은 건 이제 그것뿐인 것 같아요.

아, 그 사람과 말하고 싶은 마음을 참을 수 없다면, 자존심이 무슨 소용이람? 그런 자존심, 정말 치사하고 구차한* 것 아냐? 진짜 자존심, 큰 자존심은, 자존심을 갖지 않는 거야. 내가 뭐 전화를 걸고 싶어서 그렇게 말하는 건 아냐. 아니라고. 정말 아냐. 정말이라는 걸 내가 알아. 난 크게 놀 거야. 구차한 자존심 따위는 버릴 거야.

제발, 하느님, 제가 먼저 전화를 걸지 못하게 해 주세요. 제발요, 하느님.

이 일이 자존심하고 무슨 관계가 있지? 이건 아주 사소한 일이잖아. 자존심을 끌어들이고, 요란 법석을 떨 게 하나도 없단 말이야. 내가 그 사람 말을 잘못 알아들었을 수도 있어. 그 사람이 나더러 전화해 달라고 했는지도 모르잖아. 다섯 시에. "전화해 줘, 자기야." 하고 말이야. 그렇게 말했을 수도 있지. 얼마든지 가능해. 내가 잘 알아듣지 못했을 가능성이 얼마든지 있다니까. "전화해 줘, 자기야."라고 했을지 모른단 말이야. 그렇게 말한 게 거의 확실해. 하느님, 제가 스스로 이런 말을 하지 않게 해 주세요. 저를 깨닫게 해 주세요. 제발 깨닫게 해 주세요.

딴 일을 생각해야지. 그냥 조용히 앉아 있자. 가만히 앉아 있을

---

* 구차한 | 말이나 행동이 떳떳하거나 버젓지 못한.

수만 있다면 말이야. 제발 그럴 수만 있다면. 책을 읽을 수도 있어. 아, 책이란 게 죄다 사랑하는 사람들 이야기뿐이야. 진심으로 사랑한다는 이야기. 사람들은 왜 그런 이야기를 쓰고 싶어 하지? 그게 진실이 아니란 걸 모르나? 그게 거짓말이란 걸 몰라? 빌어먹을 거짓말이란 걸? 그게 사람한테 상처를 준다는 걸 다 알면서 왜 그런 이야기를 굳이 하려고 하지? 빌어먹을 자식들이야. 빌어먹을 자식들, 빌어먹을.

그만두자. 조용히 있자고. 흥분할 게 뭐 있어. 자, 그냥 그 사람을 잘 모르는 사람이라고 생각해 보자. 아니면 여자라고 생각해 봐. 그럼 내가 먼저 전화를 해서, "아니, 도대체, 어떻게 된 거야?"라고 물어보지 않겠어? 그렇게 할 거야. 그러고는 그 일에 대해선 눈곱만큼도 신경 쓰지 않겠지. 그런데 나는 왜 그렇게 스스럼없고 자연스럽게 못하는 거지? 사랑하면 이렇게 되는 거야? 솔직히, 난 할 수 있어. 내가 전화를 하자. 그리고 편안하고 기분 좋게 대하자. 하느님, 제가 그렇게 못할 것 같아요? 오, 아니에요. 제가 전화하게 하지 마세요. 하지 말아요, 그러지 마세요, 제발.

하느님, 정말 그 사람이 전화를 하지 못하게 할 작정이세요? 정말이에요, 하느님? 제발 좀 너그러워지실 수 없나요? 그럴 수 없어요? 지금 당장 전화하게 해 달라는 것도 아니잖아요, 하느님. 시간이 좀 걸려도 되거든요. 제가 다섯씩 500까지 셀게요. 아주 천천히, 반칙하지 않고요. 다 셀 때까지 전화가 안 오면 제가 전화할 겁니다. 제가 한다고요. 아, 제발, 사랑하는 하느님, 친절

하신 하느님, 하늘에 계신 성스러운 아버지, 그 전에 그 사람이 먼저 전화하게 만들어 주세요. 제발요, 하느님, 제발.

다섯, 열, 열다섯, 스물, 스물다섯, 서른, 서른다섯……

1 여자가 먼저 전화를 하지 못하는 이유는 무엇일까요?

2 주인공이 전화를 기다리면서 보여 주는 다양한 마음의 변화를 찾아보세요.

3 주인공이 여러분의 친구라면, 여러분은 주인공에게 어떤 이야기를 해 주고 싶나요?

4 여러분은 이와 비슷한 경험이 있나요? 불안함을 느꼈던 사건을 떠올려 보고, 그 순간에 느꼈던 감정을 이야기하듯 써 보세요.

전화기를 앞에 놓고 이렇게까지 고민하는 여자를 본 적이 있는가? 별다른 사건 없이, 이렇게 혼자서 중얼거리다 끝나도 소설이 된다니 신기하기도 하다.
이 여자의 취미는 '공상하기', 특기는 '버스 지나간 후에 손 흔들기' 아닐까? 가만히 보면 소심할 뿐 아니라 의심이 많고, 자기 합리화를 잘하며, 집착까지 강하다. 사랑에 빠진다고 모두가 이렇게 되는 건 아닐 텐데, 옆에서 이런 독백을 들어야 하는 사람이 있다면 무지 피곤할 것이다. 무엇보다도 심각한 것은, 현실을 있는 그대로 보지 못하고 자신의 감정 기복에 따라 왜곡하고 있으니 나중엔 그녀의 말조차 믿기 의심스러워진다. "대체 남자가 전화를 하겠다는 거였어, 여자한테 하라는 거였어? 그 남자도 이 여자를 사랑하는 게 맞아, 아니면 어쩌다 '자기'라고 불렀는데 이 여자 혼자서 착각하는 거 아니야?" 하며 슬슬 짜증이 나기도 한다.
물론 살아가면서 이 여자처럼 복잡한 성격의 사람을 자주 만나지는 않을 것이다. 이 여자는 지독한 열등감에 사로잡혀 있어, 상황이 바뀐다 해도 생각의 틀을 바꾸는 것은 쉽지 않을 듯하다. 어쩌면 지금 전화벨이 울린다 해도 곧바로 받지 않고 '그 사람 전화일까, 아닐까, 왜 이제 전화를 했을까, 받으러 가기도 전에 끊기면 어쩌나' 하고 또 고민을 할지 모른다.
하지만 우리도 가끔은 남들이 아무렇지도 않게 여기는 사소한 일에 자꾸 신경을 쓰거나 선택의 순간에서 결정을 못해 머뭇거리며 남의 눈치를 보는 때가 있다. 나이가 들수록 사람들은 자신의 욕구나 감정보다는 다른 사람의 이목을 더 많이 의식하기도 한다. 그러다 보니 '사랑'이라는 불청객이 찾아오면, 어쩔 줄 몰라 하며 혼자만의 '소설'을 쓰게 된다.
피해 의식이나 열등감 없이, 먼저 자신을 있는 그대로 받아들일 때 다른 사람도 사랑할 수 있다. 그래야 오는 전화는 즉시 받고, 오지 않는 전화는 기다리지 않을 수 있다. 여러분은 지금 사랑할 준비가 되어 있는가?

우호 사절 _{友好使節}

호시 신이치 지음

김희자 옮김

호시 신이치 星 新一 (1926~1997) ··

일본 도쿄에서 태어나 도쿄대학 농학부를 졸업하였다. 공상과학소설(SF) 동인지 《우주진(宇宙塵)》 창간에 참여하여 '쇼트-쇼트'라고 불리는 초단편소설 장르를 개척하였다. 우주개발 시대와 함께 일본 SF문학의 기수로 인정받으면서 왕성한 글쓰기로 1천 편이 넘는 작품을 남겼다. 주요 작품집으로는 《기묘한 이야기》, 《봇코짱》, 《악마가 있는 천국》, 《나의 국가》, 《노크 소리가》 등이 있으며, 일본추리작가협회상을 받았다. 그의 작품은 쉬운 문장, 성과 폭력이 없는 내용, 기발한 상황 설정, 놀라운 반전과 결말 등이 특징이며 나이와 성별을 불문하고 폭넓은 독자층을 가지고 있다.

"정체불명의 괴물체가 지구를 향해 오고 있는 것 같습니다."

천문대가 그렇게 발표했다.

"이게 도대체 무슨 일이야?"

"확실히는 알 수 없지만 다른 별의 우주선인 듯합니다."

"지구를 향해 오게 되면 얼마나 걸릴 것 같은가?"

"지금까지의 속력으로 봐서는 약 3일 후가 될 것 같습니다."

순식간에 온 세계가 큰 소란에 빠졌다.

"이건, 침략이야. 어떻게 하면 좋지."

하지만 도망갈 곳도 없고, 어떻게 막아야 할지 대책도 서지 않았다. 큰 소리로 절망스러운 말을 내뱉거나 나지막이 투덜대는 것 말고는 할 일이 없었다. 첫날은 그렇게 지나갔다.

둘째 날이 되자, 소란도 고비를 넘겨 사람들은 어느 정도 안정을 되찾았다.

"당황스럽지만 소용없어. 침략해 온다면 한 방에 끝장이야. 저항해 봤자 놈들은 고속의 우주선을 가진 녀석들이라고. 도저히 당해 낼 수 없어."

"맞아. 하지만 놈들이 뭘 시작하기 전에 일단 착륙부터 하겠지. 그때 얼른 허리를 굽히고 크게 환영해 주는 게 어떨까."

사람들은 이런 식으로 조금씩 대책을 세워 갔다.

"그 방법밖에는 없을 것 같다. 정면으로 맞서 이길 수 있는 상대는 아니지만, 우리 지구인한테도 수천 년 동안 쌓아 온 지혜가 있잖은가. 놈들을 멋지게 골탕 먹일 수도 있을 거야."

이것은 묘안이기도 했거니와 그 외에 뾰족한 대안이 떠오르지도 않았다. 그래서 고참 외교관들이 뽑은 사람들로, 모든 사람들의 기대를 짊어진 환영위원회를 만들었다.

"환영위원회 여러분, 여러분의 어깨에 인류의 운명이 걸려 있습니다. 여러분은 인류의 대표로서 외계인과 접촉하는 것입니다. 그렇기 때문에 그쪽에서 어떤 녀석이 나와 이상한 짓을 하더라도 화를 내거나 이성을 잃거나 경멸하거나 당황하지 말아 주십시오. 끝까지 정중하고 차분하게 환영해 주시기 바랍니다."

이에 대한 답으로 환영위원장이 말했다.

"잘 압니다. 외교라는 것은 인류 문명이 낳은 최고의 것 아닙니까. 게다가 제 집안은 조상 대대로 외교관을 지냈고요. 어릴 적부터 그런 교육을 충분히 받아 왔습니다. 걱정 마시고 제게 맡겨 주십시오."

이것으로 일단 준비가 끝났다. 곧바로 공항에서 우주선을 향해 켜졌다 꺼졌다 하는 밝은 광선을 발사했다. "이곳에 내려 주십시오."라는 뜻이었다.

드디어 셋째 날, 거대한 우주선이 조용히 착륙 태세에 들어갔다. 공항에는 엄중한 경계가 펼쳐졌다. 하지만 그것은 우주선을 위한 것이 아니었다. 사람들이 많이 몰려와 터무니없는 실례를 저지를지도 모르기 때문에 만일의 사태에 대비한 것이었다. 사람들은 텔레비전을 통해서도 현재 일어나는 일을 볼 수 있었다.

환영위원들은 예복을 갖춰 입고 위엄 있는 표정으로 줄지어 섰다. 우주선이 착륙을 끝내자 문이 소리도 없이 스르르 열리면서 외계인이 모습을 드러냈다.

외계인들이 머리가 하나고 두 다리로 서는 것은 지구인과 다르지 않았다. 하지만 머리와 다리 사이에 가늘고 긴 몸통이 있었고, 몸통 양쪽에 여러 개의 손이 달려 있었다.

'앗, 이런 모습이라니! 징그러운 놈들.'

지구인들은 외계인들의 모습을 보고는 몹시 기분이 나빴다.

'빨리 꺼져 버려라!'

환영위원들은 속으로 그렇게 생각했다. 하지만 그 자리는 인류를 대표하여 환영하는 자리였다. 그들은 마음속으로는 딴생각을 하면서도, 얼굴색 하나 바꾸지 않고 부드러운 미소를 띠면서 세련된 태도로 징그러운 외계인들에게 환영 인사를 건넸다.

"잘 오셨습니다. 멋진 분들. 여러분의 평화로운 얼굴을 볼 수 있어 저희는 무척 기쁘답니다. 부디 앞으로도 여러분과 교류가 이루어질 수 있기를 바랍니다."

환영 인사가 끝나자 외계인들은 우주선 안으로 되돌아갔다. 외계인들은 자신들의 언어로 회의를 시작했다.

"어이, 지금 저들이 뭐라고 말했는지 확인했어? 태도로 봐서는 환영하는 것 같은데."

"알고말고. 이 기계만 있으면 해독이 불가능한 언어가 없지. 지구인은 정중하게 환영 인사말을 했어."

우주선 한구석에서 번역기를 다루고 있던 외계인이 대답했다.

그런데 그때 또 다른 기계를 만지고 있던 우주인이 말했다.

"잠깐 기다려. 환영이라니 당찮은 말이야. 내가 이 정신 판독기로 저들의 마음을 조사해 보았어. 저들은 우리에게 호의를 가지고 있지 않아. 적의와 경멸을 품고 있는 것 같아."

그들은 여러 개의 팔을 복잡하게 얽어 팔짱을 끼고는 고개를 갸웃거렸다.

"이 별과 모처럼 우호*를 다지기 위해 먼 길을 왔는데 도대체 어떻게 된 일이지?"

"번역기와 정신 판독기 결과가 이렇게 정반대로 엇갈리다니, 지금까지 방문했던 별에서는 이런 일이 없었는데! 어떻게 인사를 해야 좋을지 모르겠군."

고심하던 외계인들은 곧바로 결론을 냈다.

"이렇게 판단할 수밖에 없을 것 같군. 이 별에 사는 녀석들은 신경이 꼬여 있는 게 틀림없어. 그래서 감정을 표현하는 방법이 우리와는 반대인 거야."

이 의견에 모든 외계인들이 손뼉을 치며 공감을 표시했다.

"그래, 그게 맞아. 우주는 넓으니까 그러한 생물체도 있겠지."

"그렇다면 이 별에 사는 녀석들은 우리가 화낼 때는 웃고, 아파할 때는 간지럼을 태우고 싶어 하겠군."

그들은 이렇게 결론을 내고 기운을 차렸다.

"저기 나왔다. 이 별 녀석들에게 어서 인사를 해 줘야 해. 어떻게 해야 하지? 친근한 말을 하면 녀석들은 우리가 악의를 가지고 있다고 생각할 텐데."

"결론이 났으니 문제는 간단해. 녀석들은 신경이 거꾸로 되어 있으니까 나쁘게 말하면 좋은 말로 들을 거야."

"그런가? 그럼 메시지 문안을 작성해 주게."

번역 담당 외계인은 기계를 작동하여 곧바로 문안을 작성했다.

공항에서는 환영위원들이 예의를 갖춘 채 기다리고 있었다. 그들 앞에 외계인들이 나타났다. 환영위원들은 메시지를 받기 위해 긴장한 상태에서 몸가짐을 바로 했다. 그와 동시에 텔레비전을 통해 모든 인류에게 메시지를 전달하려고 슬그머니 마이크도 내놓았다. 외계인은 우호에 가득 찬 진심 어린 마음으로 지구인을 향해 낭랑한 목소리로 메시지를 낭독했다.

"이놈들아, 이렇게 찾아와서 유감이다. 이 너저분한 원숭이 같은 놈들. 잘나지도 않은 상판대기*를 하고 나란히 서 있는 네놈들 꼴도 보기 싫다. 이놈 저놈 가리지 말고 죄다 냉큼 죽어 버려라!"

---

* 우호 | 개인이나 나라끼리 서로 사이가 좋음.
* 상판대기 | 얼굴을 낮추어 이르는 말.

1 외계인은 지구에 왜 왔나요?

2 외계인이 진심을 담아 마지막 부분처럼 말한 이유는 무엇인가
요?

3 외계인과 지구인의 만남을 통해 이 소설이 풍자하는 것은 무엇인
가요?

:: 생각 넓히기

마지막 부분처럼 외계인에게 갑자기 욕을 들은 지구인들은 어떤 반응을 보였을까? 당황하여 외계인의 인사말에 번역기와 정신 판독기를 사용했을까, 아니면 자신들의 언어 표현이 속마음과 반대라는 것을 외계인이 알아차린 줄 알고 놀랐을까? 혹시 외계인들도 나쁘게 말해야 좋은 뜻으로 알아듣는다고 판단했을지도 모른다. 그렇다면 이후의 대화에서는 입에 담기 힘든 욕들이 오갔을 것이다.

살다 보면 종종 거짓말을 할 때가 있다. '하얀 거짓말'이라는 말이 있듯이, 거짓말이 항상 나쁘기만 한 것은 아니다. 상대방의 마음을 다치지 않게 하기 위해 혹은 위로하거나 격려하기 위해 사실을 돌려 말하는 것까지 거짓말로 본다면, 우리는 거짓말에 둘러싸여 인간관계의 대부분을 유지하는지 모른다.

하지만 언어 표현, 즉 말이란 신뢰 관계를 만들어 가는 중요한 도구다. 상대방의 마음을 고려하지 않고 불쾌한 감정을 직설적으로 표현하거나 혹은 지나치게 상대방을 의식하여 솔직한 자기감정과는 상반되는 표현을 한다면 문제가 생길 수 있다.

지구인들은 갑자기 들이닥친 외계인들이 낯설고 두려웠다. 정면으로 맞서면 이길 수 없다고 판단했기에 불안과 적의, 경멸을 숨긴 채 부드러운 미소를 보이며 정중하게 환영 인사를 건넸다. 외계인들은 지금까지 방문했던 별에서는 볼 수 없던 현상이라 당혹스러워하며 지구인의 어법에 따라 자신들도 인사말을 전한다. 외계인의 고민을 몰랐다면 지구인의 한 사람으로서, 불쾌하기 짝이 없었을 마지막 인사가 한편으로는 친근감 있게 느껴지기도 한다.

혹시나 여러분이 친구들끼리 비속어를 많이 쓰는 것도 이런 이유에서 비롯된 것은 아닌가? 하지만 편한 감정을 상대방을 비하하는 표현에 담는 건 외계인도 놀랄 일임에는 틀림없다. 앞으로는 친구들에게 투명하고 담백한 말로 마음을 담아 전해 보자.

의자 고치는 여자 La rempailleuse

기 드 모파상 지음

김남향 옮김

기 드 모파상 Guy de Maupassant (1850~1893)

프랑스 북부 노르망디의 미로메닐에서 태어나 부모의 별거로 열두 살부터 홀어머니 밑에서 자랐다. 파리의 법과대학에 진학하였으나 보불전쟁으로 휴학하고 입대하였다. 전쟁터에서 느낀 인간에 대한 혐오감은 모파상을 문학의 길로 이끌었다. 어머니의 친구인 사실주의 작가 플로베르로부터 문학 지도를 받았으며, 플로베르의 소개로 자연주의 작가 에밀 졸라를 알게 되었고, 또 파리 교외에 있는 졸라의 저택에 자주 모여 문학을 논하던 당시의 문학가들과도 사귀었다. 그는 300편의 중·단편과 6편의 장편을 썼으며, 대표작으로 〈여자의 일생〉, 〈비곗덩어리〉, 〈피에르와 장〉 등이 있다.

베르트랑 후작 집에서 열린 사냥의 시작을 축하하는 성대한 만찬이 끝나 갈 무렵이었다. 화려한 조명 아래에는 온갖 과일이 놓여 있었고, 꽃으로 장식된 커다란 식탁에는 열한 명의 신사와 여덟 명의 젊은 부인, 그리고 그 지방의 의사가 둘러앉아 있었다.

이들은 '사랑'을 화제 삼아 열띤 논쟁을 벌였다. 그것은 어느 시대에나 뜨거운 논란을 불러일으키는 문제로, 사람이 일생 동안 진실한 사랑을 할 수 있는 건 단 한 번뿐인가 아니면 몇 번이라도 할 수 있는가에 대한 이야기였다. 먼저 누군가가 평생 동안 한 사람만을 진심으로 사랑했던 경험을 예로 들었다. 그러자 뒤이어 다른 누군가가 몇 차례나 열렬하게 사랑했던 경험을 예로 들면서 반박했다.

대체로 남자들은 사랑의 감정은 전염병과도 같아 한 사람이 몇 번씩 느끼기도 하고 앞을 가로막는 장애물이 있으면 더 열정적으로 사랑이 타올라 죽을 수도 있다는 주장을 펼쳤다. 한편 여자들은 사실에 대한 객관적인 관찰보다는 감상을 앞세우며, 진실하고 위대한 사랑은 평생에 단 한 번밖에 할 수 없는 것이라고 단언했다. 그녀들은 사랑이란 벼락과도 같아서 일단 사랑의 감정이 마음속을 휩쓸고 지나간 뒤에는 마치 불이 난 자리처럼 모든 게 타 버리고 황폐해진다고 주장했다. 그렇기 때문에 그곳에서는 아무리 강력한 감정이라 해도, 아니 꿈조차도 새롭게 싹틀 수 없을 것이라고 주장했다.

여러 번의 연애 경험이 있는 후작은 여자들의 이러한 신념에 강하게 반박하고 나섰다.

"제가 여러분에게 분명히 말씀드릴 수 있는 건, 사람은 몇 번이라도 온 영혼을 다 바쳐 사랑할 수 있다는 것입니다. 여러분은 두 번째의 열렬한 사랑이 불가능하다는 증거로 사랑 때문에 자살한 사람의 경우를 예로 들었습니다. 하지만 그것에 대한 제 생각은 이렇습니다. 그 사람들이 만일 자살이라는 어리석은 선택을 하지 않았더라면, 그래서 두 번째 사랑에 빠질 기회를 그들 스스로 저버리지 않았더라면, 그 사랑의 상처도 언젠가는 아물었을 것이고 다시 사랑을 했을 것입니다. 아마 죽을 때까지 몇 번이고 사랑을 했겠지요. 사랑에 빠진 사람들은 알코올 중독자나 마찬가지예요. 술맛을 아는 사람이 계속해서 술을 마시게 되듯 한번 사랑을 해 본 사람은 또 사랑을 하게 마련입니다. 이것은 기질과도 관련이 있는 문제라 사람에 따라 약간의 차이가 있을 수는 있겠지요."

그러자 사람들은 늙은 의사를 중재자로 내세우고 그에게 의견을 물었다. 파리에서 병원을 운영하다가 은퇴 후 이곳에 머물고 있던 그는 그 문제에 대해 자신만의 견해가 없었다.

"후작께서 방금 말씀하셨듯이 그것은 기질의 문제입니다. 제가 직접 경험한 것은 아니지만, 얼마 전 무려 55년 동안 단 한 사람만을 향해 타올랐던 사랑이 죽음에 의해 비로소 끝을 맺는 걸 가까이에서 지켜본 적이 있습니다."

후작 부인은 상기된 얼굴로 손뼉을 치며 기뻐했다.

"어머, 어쩌면 그렇게도 아름다울까요! 정말 꿈같은 이야기예요! 55년이라는 그 긴 세월 동안 그처럼 변함없는 사랑을 쏟아부었던 여자는 얼마나 행복했을 것이며, 바위라도 뚫을 듯한 그 열정적인 애정을 받으며 살았던 그 남자는 또 얼마나 행복했을까요! 그런 사랑을 받았던 그는 분명히 행복했을 거예요. 참으로 축복받은 인생이라고 말할 수 있죠."

의사는 미소를 지었다.

"그렇습니다, 후작 부인. 사랑을 받은 사람이 남자였다는 점에서 후작 부인의 추측이 틀리지 않았습니다. 그 사람은 바로 여러분도 잘 아시는 이 마을의 약제사인 슈케 씨랍니다. 그리고 그를 사랑했던 여자 역시 여러분이 잘 알고 있는 사람이죠. 바로 해마다 이 마을에 찾아와 의자를 고치는 노파랍니다. 그러면 이제부터 그녀의 사랑에 대해 이야기해 드리죠."

그 순간 부인들의 얼굴에서 열렬히 공감한다는 듯한 표정은 사라져 버렸다. 흥이 깨진 그녀들은 경멸의 눈초리를 보내며 불편한 심기를 그대로 드러냈다. 마치 사랑이란 세련되고 훌륭한 사람들만의 전유물인 것처럼, 품위 있는 상류사회의 사람들에게만 어울리는 것이라고 생각하는 듯했다. 그들이 관심을 갖는 것은 오로지 상류사회 사람들의 사랑 이야기였다. 하지만 의사는 이에 개의치 않고 이야기를 들려주었다.

석 달 전에 저는 그 노파의 임종에 불려 갔습니다. 노파는 그 전날, 그녀에게 집이나 마찬가지인 마차를 타고 이곳에 와 있었습니다. 여러분도 한번쯤 본 적이 있는, 그 늙고 비쩍 마른 말이 끄는 마차 말입니다. 노파에게는 친구이자 호위병인 두 마리의 개가 있었는데, 사납게 짖어 대며 노파를 보호해 주더군요. 제가 그곳에 도착했을 때 신부님은 먼저 와 있었습니다. 노파는 우리 두 사람을 자신의 유언 집행인으로 정한 뒤에, 유언의 의미를 우리에게 알리려고 자신이 살아온 삶을 이야기하기 시작했습니다. 저는 그보다 더 기구하고, 가슴 아픈 이야기는 들어 본 적이 없습니다.

노파의 아버지와 어머니 모두 마차를 타고 돌아다니며 의자를 고치는 사람이라 그녀는 땅 위에 지은 집에서 살아 본 적이 한 번도 없었습니다.

아주 어린 시절부터 이가 들끓는 누더기를 걸친 채, 냄새나는 더러운 거지꼴을 하고 각 지방을 떠돌아다녔습니다. 가는 곳마다 마을 어귀 도랑가에 먼저 마차를 세우고는 말을 풀어 놓았습니다. 그러면 말은 한가롭게 풀을 뜯고, 개는 앞발 위에 주둥이를 얹어 놓은 채 잠을 잤지요. 그리고 어린 소녀는 아버지와 어머니가 길가의 느릅나무 밑에서 마을의 헌 의자를 고치는 동안 풀밭을 뒹굴며 놀았습니다.

이동 숙소인 마차 안에서 식구들은 좀처럼 서로 말을 하지 않았습니다. 마을로 들어가 "의자 고치세요!" 하고 외치면서 집집

마다 돌아다니는 일을 누가 할 것인가를 정하기 위해 두세 마디 하고 나면, 마주 앉거나 나란히 앉아 새끼를 꼬았습니다. 가끔 아이가 너무 멀리 가거나 마을의 개구쟁이들과 사귀려고 하면, 아버지는 성난 목소리로 아이를 불러들이곤 했답니다.

"어서 이리 오지 못해, 이 몹쓸 것아!"

이것이 그녀가 부모에게 들었던 유일한 애정의 말이었습니다.

시간이 흘러 아이가 자라자 부모는 아이에게 망가진 의자 뼈대를 모아 오게 했습니다. 그러다가 소녀는 여기저기서 몇몇 아이들과 사귀게 되었는데, 이번에는 새로 사귄 친구들의 부모가 자기 아이를 불러들였습니다. 그것도 아주 사나운 목소리로 말이에요.

"이 녀석, 어서 이리 오지 못해! 거지랑 사귀면 못쓴다고 했지!"

종종 짓궂은 아이들이 돌을 던지기도 했고, 마을의 부인들이 동전 몇 닢을 던져 주기도 했습니다. 소녀는 그 돈을 소중히 간직해 두었습니다.

어느 날—그때 그녀는 열한 살이었습니다.—소녀는 이 지방을 지나가다가 친구한테 동전 두 닢을 빼앗기고서 공동묘지 뒤에서 울고 있던 어린 소년 슈케를 보았습니다. 그 어린 부잣집 소년의 눈물은 가난뱅이 소녀의 마음을 뒤흔들어 놓기에 충분했습니다. 불우하기만 했던 소녀는 부잣집 아이들은 언제나 즐겁고 행복할 것이라고 생각했으니까요. 소녀는 소년의 곁으로 다가갔습니다. 그리고 소년이 슬퍼하는 이유를 알게 되자, 자기가 모은 돈의 전부인 7수*를 소년의 손에 쥐여 주었습니다. 물론 소년은 눈물을 닦으면서 그 돈을 받았죠. 그러자 소녀는 기쁨에 겨워 흥분한 나머지 자기도 모르게 소년을 껴안고 입을 맞추었습니다. 소년은 얻은 돈을 세어 보느라 소녀가 하는 대로 내버려 두었습니다. 소년이 자신을 떠밀지도 않고 뿌리치지도 않자, 소녀는 또 한 번 입을 맞추었습니다. 그리고 두 팔을 크게 벌려 있는 힘을 다해 소년을 꼭 껴안은 다음, 정신없이 달아나 버렸습니다.

그 후 이 가련한 소녀의 마음속에 무슨 일이 일어났을까요? 그 어린 소년에게 사랑을 느끼게 된 거죠. 떠돌이 생활을 하면서 푼푼이 모은 돈을 그 코흘리개에게 모두 주어 버렸기 때문일까요? 아니면 난생처음으로 애정 어린 입맞춤을 경험했기 때문일까요? 신비로운 느낌이란 어른에게나 아이에게나 다 마찬가지인 것입니다.

몇 달 동안 소녀는 그 구석진 묘지와 소년에 대한 꿈을 꾸었습니다. 소녀는 다시 한 번 소년을 만나고 싶은 마음에 부모의 돈을 훔치기도 하고, 의자를 고치거나 찬거리를 사 올 때마다 돈을 조금씩 떼어 한 푼 두 푼 열심히 모았습니다.

그리하여 이곳에 다시 왔을 때, 소녀의 주머니에는 2프랑*이 들어 있었습니다. 하지만 소녀는 말쑥한 차림의 그 소년을 소년의 아버지가 운영하는 약국 유리창 너머 붉은 유리병과 촌충* 표본 사이로만 볼 수 있었습니다.

그 뒤로 소녀의 그리움은 점점 더해 갔습니다. 그날 소년의 모습은 약국에 진열되어 있던 울긋불긋한 약물들과 반짝거리는 유리병들이 발하는 아름다운 광채로 소녀에게 한층 매력적으로 다가왔고, 그 이후 소녀의 사랑은 한결 더 깊어졌습니다.

소녀의 사랑은 결국 영원히 지울 수 없는 기억으로 가슴속에 새겨지고 말았습니다. 이듬해 소녀는 학교 뒤뜰에서 친구들과 함께 구슬치기를 하고 있는 소년을 보고, 그에게 달려들어 두 팔로 꼭 껴안고 미친 듯이 입을 맞추었습니다. 겁먹은 소년이 큰 소리로 울음을 터뜨리자, 당황한 소녀는 그를 달래기 위해 자신이 갖고 있던 돈을 소년에게 주었습니다. 3프랑 20수나 되는 큰 돈이었지요. 소년은 그 돈을 받고 소녀가 마음껏 입을 맞추도록 내버려 두었습니다.

그 후 4년 동안 소녀는 소년을 만날 때마다 자기가 모은 돈을 전부 그의 손에 쥐여 주었습니다. 소년은 자신이 입을 맞추게 허락한 대가라고 생각해 그 돈을 주머니 속에 넣었지요. 어떤 때는 30수, 어떤 때는 2프랑, 또 어떤 때는 12수를 주었습니다. 12수를 건네줄 때 소녀는 눈물을 흘렸습니다. 적은 돈을 건네준다는 사실이 괴롭고 부끄러웠던 것이지요. 하지만 그해는 돈벌이가 좋지 않아 어쩔 수 없었답니다. 그리고 마지막으로 5프랑을 건네주

• 수 | 프랑스의 옛 화폐 단위.
• 프랑 | 프랑스의 화폐 단위.
• 촌충 | 등뼈가 있는 동물의 작은창자에 붙어사는 기생충.

었습니다. 둥글고 큰 은화였지요. 소년의 얼굴에는 만족스러운 미소가 떠올랐습니다.

소녀는 이제 그 소년 이외에는 아무것도 생각하지 않게 되었으며, 소년 또한 소녀가 마을에 오기를 고대하게 되었습니다. 소녀가 마을에 나타나면 소년은 달려와서 맞이했고, 그럴 때면 소녀는 기뻐 가슴이 두근거렸지요.

그런데 언제부터인가 소년의 모습이 보이지 않았습니다. 중학교에 들어갔던 거지요. 용케 이 사실을 알아낸 소녀는 갖은 방법을 써서, 방학 때에 맞춰 이곳을 지날 수 있게 부모의 행선지를 바꾸는 데 성공했습니다. 무려 1년 동안 노력한 끝에 이루어진 것이었습니다. 소녀는 2년 동안이나 소년을 보지 못했거든요.

가까스로 소년을 만났을 때, 소녀는 거의 딴사람처럼 변한 소년을 한눈에 알아보지 못했답니다. 키가 훌쩍 자란 소년은 금단추가 달린 교복을 입고 있었지요. 그래서인지 소녀의 눈에는 소년이 더욱 당당하고 의젓해 보였습니다. 하지만 소년은 소녀를 본 척도 않고 거만한 표정으로 그 앞을 지나쳐 갔습니다.

그녀는 이틀 동안이나 울었습니다. 그리고 그 이후 그녀의 슬픔과 괴로움은 점점 커져만 갔지요. 그녀는 해마다 마을을 찾아와 소년과 마주쳤지만 인사도 하지 못했습니다. 소년이 눈길 한번 주지 않았던 것입니다. 하지만 그녀는 여전히 미칠 듯이 소년을 사랑했습니다.

임종의 자리에서 그녀가 제게 이렇게 말하더군요.

"선생님, 그는 제가 이 세상에서 본 유일한 남자입니다. 저는 그 사람 말고는 다른 남자가 있다는 것조차 몰랐답니다."

한편 그녀의 부모가 모두 세상을 떠나자, 그녀는 부모가 하던 일을 물려받았지요. 모든 게 그대로였습니다. 달라진 점이라고는 단지 개가 한 마리에서 두 마리로 늘었다는 것뿐이었습니다. 어찌나 사나운 개들이었는지 누구도 감히 손 한번 댈 수 없었지요.

어느 날 그녀가 꿈에도 그리던 이 마을을 다시 찾았을 때, 그녀는 자신이 한시도 잊지 못했던 그 남자가 어떤 젊은 여자와 다정하게 팔짱을 낀 채 약국에서 나오는 모습을 보았습니다. 남자는 결혼을 했던 것이죠.

그날 밤 그녀는 면사무소 앞에 있는 연못에 몸을 던지고 말았습니다. 다행히 밤늦게 그곳을 지나던 술 취한 행인이 그녀를 구해 약국으로 데리고 갔지요. 치료를 위해 슈케 씨가 잠옷 차림으로 내려왔지만, 그는 그녀를 모른 척했습니다. 단지 마른 수건으로 젖은 몸을 닦아 주며 무뚝뚝한 목소리로 이렇게 말했을 뿐이죠.

"다시는 이런 바보 같은 짓 하지 말아요! 이건 어리석은 사람이나 하는 짓이오."

그 한마디로 그녀는 단숨에 회복되었습니다. 남자가 말을 걸어 주었던 것입니다. 그녀는 금세 행복한 마음이 되어 치료비를 내려고 했지만 슈케 씨는 한사코 거절하며 한 푼도 받지 않았습니다.

그녀의 삶은 이렇게 흘러갔습니다. 오직 그 남자만을 생각하면서 의자를 고쳤고, 해마다 이 마을로 와서 약국 유리창 너머로 그의 모습을 바라보았습니다. 언제부턴가 그의 약국에서 자질구레한 의약품을 사는 것이 그녀의 새로운 습관이 되어 버렸지요. 이렇게 하여 그녀는 가까이에서 그의 얼굴을 볼 수 있었을 뿐만 아니라 그에게 말을 건넬 수 있었으며 돈도 줄 수 있었답니다.

처음에 말씀드렸듯이 노파는 올봄에 세상을 떠났습니다. 그녀는 제게 이 애절한 이야기를 모두 들려준 뒤에, 자신의 온 생애를 바쳐 죽도록 사랑했던 그 남자에게 평생 모은 돈을 전해 달라고 부탁했습니다. 제대로 먹지도 입지도 않은 채 오로지 그 남자만을 생각하면서 일해 온 그녀는 자신이 죽고 난 후에 그가 적어도 한 번은 자신을 기억해 주리라는 생각에서 모은 돈이라고 말했지요.

그녀가 내게 맡긴 돈은 2327프랑의 거금이었습니다. 저는 장례 비용으로 신부님에게 27프랑을 드리고, 나머지는 집으로 가지고 왔습니다.

이튿날 저는 슈케 씨를 찾아갔습니다. 식탁에 마주 앉아 있던 그들 부부는 마침 식사를 끝낸 참이었습니다. 혈색이 좋고 뚱뚱하게 살이 찐 부부는 약 냄새를 풍기며 거만하게 앉아 있었습니다.

부부는 제게 자리를 권하고는 앵두주를 한 잔 따라 주더군요. 저는 한 모금 마시고 나서 나직한 목소리로 이야기를 꺼냈습니다. 그들이 감동하여 눈물을 흘릴 것이라고 확신하면서 말이죠.

그런데 슈케 씨는 자신이 한낱 의자나 고치는 떠돌이 노파한테 사랑을 받았다는 사실을 알고는 격분한 나머지 펄쩍 뛰었습니다. 자신이 그동안 쌓아 올린 명성과 신사의 품위, 세상 사람들에게 받고 있는 존경 등 마치 목숨보다 소중한 그 무엇을 그녀가 훔치기라도 한 것처럼 노발대발했습니다.

부인도 남편 못지않게 화를 내며 이렇게 말하더군요.

"아니 그 거지가! 그 거지가……."

그 이상의 말은 생각이 나지 않았던 것이지요.

슈케 씨는 벌떡 일어나더니 모자가 한쪽으로 미끄러져 내려온 것도 아랑곳하지 않고 식탁 주위를 서성거렸습니다. 그러더니 몹시 화난 목소리로 말했습니다.

"선생님, 이런 날벼락 같은 일이 어디 있습니까? 생각해 보십시오. 이 얼마나 끔찍한 일입니까? 나 원 참, 기가 막혀서! 어떻게 하면 좋을까요? 그 여자가 살아 있을 때 이런 사실을 알았더라면 순경에게 넘겨 감옥에라도 처넣었을 텐데……. 평생 거기에서 나오지 못하게 했을 텐데……. 암, 그렇게 하고말고요."

경건한 마음으로 행한 일이 이렇게 어이없는 결과를 초래하자 저는 한동안 멍할 뿐이었습니다. 무슨 말을 해야 할지, 이 일을 어떻게 수습해야 할지 알 수가 없었습니다. 하지만 제게 맡겨진 임무는 완수해야만 했으므로 저는 입을 열었습니다.

"마지막으로 그 노파는 제게, 자신이 한평생 모은 돈인 2300프랑을 당신에게 전해 달라고 부탁했습니다. 하지만 방금 알려드린 사실이 당신의 심기를 매우 불쾌하게 만든 걸 보니, 이 돈은 가난한 사람들에게 나누어 주는 게 좋을 것 같군요."

그 말을 듣자마자 부부는 놀란 눈으로 제 얼굴을 빤히 쳐다보았습니다.

저는 주머니에서 돈을 꺼냈습니다. 그녀가 여러 지방을 떠돌아다녔기 때문인지 각양각색의 금화와 은화가 뒤섞여 있는, 그야말로 눈물겨운 돈이었지요. 저는 그들에게 물었습니다.

"어떻게 하시겠습니까?"

부인이 먼저 입을 열었습니다.

"그것이 그 노파의, 그 여자의 마지막 소원이라고 하니……. 거절하는 것도 도리가 아닐 것 같군요."

뒤이어 슈케 씨가 멋쩍은 듯 말했습니다.

"글쎄, 어쨌든 그것으로 우리 아이들에게 뭔가 사 줄 수는 있겠군요."

저는 차갑게 말했습니다.

"마음대로 하십시오."

슈케 씨가 다시 말했습니다.

"어쨌든 제게 주십시오. 그 여자가 당신한테 그렇게 부탁한 것이니까요. 우리가 유익한 일에 쓸 수 있는 방법을 생각해 보겠습니다."

저는 돈을 주고 인사를 한 다음 밖으로 나왔습니다.

이튿날 슈케 씨가 저를 찾아오더니 다짜고짜 이렇게 말하더군요.

"여기 어디에 그 여자가 쓰던 마차가 한 대 있을 텐데……. 그 마차는 어떻게 하실 겁니까, 선생님?"

"그대로 있으니 원한다면 가져가십시오."

"마침 잘됐습니다. 그것으로 채소밭에다 오두막집이나 만들어야겠어요."

저는 뒤돌아 가는 슈케 씨를 불러 세웠습니다.

"늙은 말과 개 두 마리도 있는데, 그것도 가져가시겠습니까?"

슈케 씨는 깜짝 놀라며 멈춰 섰습니다.

"천만에요! 그런 것을 어디다 쓰겠습니까? 선생님 마음대로 처분하십시오."

그는 이렇게 말하고는 활짝 웃어 보이더군요. 그리고 제게 손을 내밀더군요. 저는 악수를 했습니다. 그렇게 하는 수밖에 도리가 없지 않겠습니까. 한 고장에서 의사와 약제사가 적이 된다는 것은 좋은 일이 아니니까요.

개는 제가 기르기로 하고, 말은 넓은 뒤뜰이 있는 신부님이 맡았습니다. 마차는 슈케 씨 채소밭의 오두막집이 되었고, 그녀한테서 받은 돈으로 슈케 씨는 철도 주식을 다섯 주 샀다고 합니다.

이것이 제가 지금껏 살아오면서 목격한 유일하고도 심오한 사랑이지요.

의사는 말을 마치고는 조용히 앉아 있었다. 그러자 눈에 눈물을 글썽이던 후작 부인이 한숨을 쉬며 말했다.

"이것으로 분명해졌어요. 이 세상에서 진실한 사랑을 할 수 있는 사람은 여자뿐이군요!"

:: **생각 나누기**

1 작품에 등장하는 인물들(후작 부인, 의자 고치는 여자, 슈케, 의 사)의 성격을 말해 보세요. 그리고 인물들의 성격이 잘 드러난 부 분을 찾아보세요.

2 '의자 고치는 여자'의 사랑은 가치 있는 것인가요? 왜 그렇게 생 각하나요?

3 여러분이 슈케라면 의사에게서 그녀의 사랑과 죽음에 대해 들었 을 때, 어떤 반응을 보였을까요?

:: 생각 넓히기

사람은 한평생 살면서 진실한 사랑을 단 한 번밖에 할 수 없을까? 흥분 속에 열렬히 논쟁을 벌이던 신사, 숙녀들은 55년간 오직 한 사람만을 사랑해 온 사랑의 주인공이 누군지 알게 되자 갑자기 밥맛을 잃은 표정이다. '사랑'의 감정 자체를 순수하게 보지 않고 신분과 지위에 결부시키는 편견에 사로잡혀 있기 때문이다.

어린 시절 부모의 사랑은커녕 사람들에게 거지 취급을 받은 '의자 고치는 여자'는 비록 혈육 한 명 없는 쓸쓸한 죽음을 맞이하지만 그녀의 삶에는 뜨거운 사랑이 있었다. 그녀는 한 부잣집 소년의 눈물을 보고 사랑이 싹트기 시작한 후 오직 소년을 위해 돈을 모으고, 한 번이라도 더 소년을 만나고자 애간장을 녹인다. 자신이 가진 것을 다 주어도 아깝지 않았던 소년이 성장하여 다른 여자와 결혼을 하자 연못에 몸을 던지기도 하고, 약사로서 던지는 그의 말 한마디에 회복되기도 한다. 그 남자, 슈케는 그 여자의 전부였으니까.

《어느 날 내가 죽었습니다》(바람의아이들)에 나오는 재준이는 열여섯의 나이에 오토바이 사고로 죽는다. 겁 많은 성격이었지만 짝사랑하던 여자 친구 소희에게 잘 보이고 싶어 오토바이를 탄 것이다. 재준이와 단짝이던 유미는, 소희를 미워하고 재준이가 어리석다고 여기며 슬픔을 이기지 못한다. 하지만 유미는 재준이의 일기장을 다 읽은 후 깨닫게 된다. 너무나 짧았기에 아쉬운 열여섯 삶이지만 재준이가 사랑을 알고 간 것이 그렇지 않은 경우보다는 훨씬 낫다는 것을.

여러분은 이 노파의 사랑 이야기가 어떠한가? 맹목적인 환상에 빠진 그녀가 불쌍한가? 부자든 가난한 자든 사랑의 씨앗을 품는 마음은 다르지 않다. 이 세상을 마치는 그날, 애틋하게 부를 이름 하나를 간직하고 사는 사람이라면, 그가 진정한 부자가 아닐는지

전쟁^{War}

루이지 피란델로 지음

이영석 옮김

루이지 피란델로 Luigi Pirandello (1867~1936) ·······························

시칠리아 섬의 아그리젠토에서 태어나 팔레르모대학과 로마대학을 거쳐 독일의 본대
학을 졸업하였다. 이후 로마에 살면서 작가, 언론인으로 활동하였고 로마사범대학의
이탈리아문학 교수가 되었다. 인간 행동의 외양과 실재가 서로 다른 데에 주목해 쓴
연재소설《마티아 파스칼》을 통해 널리 이름을 알렸다. 이후 주로 극작가로 활동하면
서 프랑스와 독일의 실존주의와 부조리극에 앞서는 상징적인 심리극을 발표하였으며,
1934년에 노벨문학상을 수상하였다.

야간 특급열차로 로마를 떠난 승객들은 새벽까지 파브리아노의 작은 역에 머물러 있어야 했다. 술모나와 간선 철도를 연결해 주는 작고 낡은 '지방 열차'로 갈아타 여행을 계속하기 위해서였다.

새벽녘이 되자 다섯 사람이 밤을 지새운 답답하고 연기 자욱한 이등칸으로 몸집이 큰 여인이 올라탔다. 볼품없는 짐 보따리 같은 모습의 그녀는 깊은 슬픔에 잠겨 있었다. 그녀를 뒤따라 그녀의 남편이 숨을 헐떡이고 끙끙거리면서 올라왔다. 그는 몸집이 작고 허약해 보였으며 얼굴색이 창백했다. 눈은 작고 빛났지만 어쩐지 수줍고 불안해 하는 모습이었다.

그는 힘들게 자리를 잡고 나서 아내에게 자리를 마련해 준 승객에게 감사 인사를 했다. 그러고는 코트의 옷깃을 끌어올리려고 애쓰는 아내에게 몸을 돌려 다정하게 물었다.

"괜찮아, 여보?"

여인은 대답하지 않고 얼굴을 가리려는 듯 다시 옷깃을 눈 쪽으로 당겼다.

"힘든 세상이야."

남편은 슬픈 미소를 지으며 중얼거렸다.

그는 함께 여행할 동료들에게 이 불쌍한 여인을 동정해야 하는 이유를 설명해야겠다고 생각했다. 전쟁이 이 부부가 평생을 바쳐 키운, 이제 스무 살 청년인 아들을 앗아 가고 있었다. 부부는 술모나에 있는 집을 버리고, 아들이 대학 생활을 하던 로마로 나왔다. 그들은 최소한 6개월 동안은 전방으로 투입되지 않는다는 확신을 가지고 아들의 군 지원을 허락했다. 그런데 너무나도 갑작스럽게 사흘 안에 전방으로 떠날 예정이라는 전보를 받았고, 아들을 배웅하러 가야만 했다.

큰 코트를 덮고 있던 여인은 몸을 비틀며 발버둥을 치기도 하고, 이따금 야수처럼 으르렁거리기도 했다. 하지만 그녀는 남편의 설명이 자신과 비슷한 처지에 있는 사람들에게 조금도 동정을 받지 못한다는 것을 느꼈다.

주의 깊게 듣고 있던 한 사람이 말했다.

"아드님이 지금에야 전선*으로 떠난다는 사실에 하느님께 감사를 드려야겠군요. 내 아들은 전쟁 첫날에 그곳으로 보내졌다오. 벌써 두 번이나 부상을 입고 돌아왔다 다시 전방으로 갔지요."

"저는 어떻고요? 두 아들과 조카 셋이 전방에 있답니다."

다른 승객이 말했다.

"그러시군요. 하지만 우리 경우는 외아들인지라……."

남편이 용감하게 말했다.

"그게 무슨 차이가 있지요? 외아들이라고 해서, 여러 아이들 각각을 사랑하는 것보다 더 사랑할 수 있는 건 아니지요. 오히려 지나친 관심이 외아들을 망칠지도 모르죠. 부모의 사랑은 빵처럼 조각을 내 아이들에게 꼭 같이 나눠 줄 수 있는 그런 게 아니에요. 아버지는 아무런 차별 없이 아이들에게 자신의 모든 사랑을 줍니다. 아이가 하나이든 열이든 말입니다. 저는 지금 두 아들 때문에 고통을 받고 있지만, 둘이라고 해서 괴로움이 절반씩 나눠지는 게 아니라 오히려 갑절로……."

"맞아요…… 맞아요……."

당황한 남편이 한숨을 쉬며 말했다.

"하지만 생각해 보세요. 당신이 그렇게 되지 않기를 바라지만, 만약 어떤 아버지가 아들 둘을 전방에 보냈다가 그중 하나를 잃는다 해도 아직 아버지를 위로해 줄 아들 하나가 남아 있는 거 아닙니까? 반면에……."

"그렇지요."

또 다른 사람이 끼어들었다.

"살아남아서 아버지를 위로할 아들은 또 아버지가 살아서 위해 주어야 할 아들입니다. 외아들의 아버지는 아들이 죽으면 자신도 죽어서 고통을 끝내 버릴 수나 있지요. 두 처지 중에 어느 쪽이 더 나쁜가요? 이 경우가 당신 경우보다 더 나쁘다고 생각하지 않으세요?"

"말도 안 돼요."

다른 승객이 끼어들었다. 핏발이 선 옅은 회색 눈에 뚱뚱하고 얼굴이 붉은 남자였다. 그는 숨을 헐떡거렸다. 툭 튀어나온 두 눈에서 그의 힘 빠진 육신으로는 감당할 수 없을 것 같은 강력한

• 전선 | 적과 싸우는 곳. 전쟁터.

내적 생명력이 뿜어 나오는 듯했다.

그는 앞니가 빠진 자리를 감추려는 듯 손으로 입을 가리면서 거듭 말했다.

"말도 안 돼요. 우리가 이익 보려고 아이를 낳았나요?"

다른 승객이 고통스러운 얼굴로 그를 쳐다보았다. 그러자 전쟁 첫날에 아들을 전방에 보냈다는 사람이 한숨을 쉬며 말했다.

"당신이 옳아요. 아이들은 우리의 소유물이 아니에요. 그 아이들은 국가의 소유니까……."

"바보 같은 소리예요."

뚱뚱한 사람이 반박했다.

"우리가 아이를 낳을 때 국가를 생각합니까? 우리 아이들이 태어난 것은…… 글쎄요, 그저 태어나야 하기 때문에 태어난 거지요. 아이들과 함께하는 우리의 인생을 열어 주기 위해서 말이에요. 이건 진리입니다. 우리는 아이들의 것이지만 아이들은 우리의 것이 아니에요. 그리고 아이들은 스무 살이 되면, 우리가 그 나이였을 때와 꼭 같아지지요. 우리에게도 아버지와 어머니가 계셨지만 여자, 담배, 망상, 새로운 인연 등 다른 것들도 참 많았잖아요. 물론 국가도 그중 하나였고요. 우리도 스무 살 때는 아버지와 어머니가 반대해도 국가의 부름에 응했겠지요. 지금 우리에게도 당연히 국가의 사랑은 위대합니다. 하지만 그보다 더 강한 것은 아이를 위한 사랑이지요. 여기 계신 분 누구라도, 가능하다면 기꺼이 전방에 있는 아들의 자리를 대신하려 할 것입니다. 그렇지 않습니까?"

주위에 침묵이 가득했다. 승객들은 모두 고개를 끄덕이며 그 말에 동의했다. 뚱뚱한 남자가 계속 말을 이어 갔다.

"그런데 왜 우리는 스무 살이 된 아이들의 감정을 생각하지 않는 걸까요? 그 나이의 아이들이 국가에 대한 사랑을 부모에 대한 사랑보다 더 크게 생각하는 것은 당연한 일 아닌가요? (물론 제가 이야기하는 것은 착실한 아이들입니다만.) 아이들이 부모를 더 이상 몸을 움직일 수 없어 집 안에 머무는 늙은이로 보게 되는 것은 어쩌면 자연스러운 일 아닐까요? 국가가 존재하고, 또 그 국가가 굶어 죽지 않으려고 먹는 빵처럼 꼭 필요한 것이라면, 누군가 그것을 지키러 가야 합니다. 우리 아들들도 스무 살이면 갑니다. 아이들은 부모의 눈물을 원하지 않습니다. 아이들은 죽더라도 열정적으로 행복하게 죽어 갈 것이기 때문입니다. (물론 착실한 아이들일 경우입니다만.) 지금 아이들 중 누군가가 인생의 추함, 삶의 지루함, 보잘것없음, 씁쓸한 환멸* 따위를 겪지 않고 젊은 나이에 행복하게 죽는다면, 우리가 그에게 무엇을 더 바라겠습니까? 우리는 모두 울음을 그쳐야 합니다. 모두 웃어야 합니다. 저처럼 말입니다. 아니면 최소한—저처럼—신에게 감사해야 합니다. 왜냐하면 제 아들은 죽기 전에, 자신이 원한 최고의 방식으로 인생을 마치는 것에 만족한다는 소식을 제게 보내왔으니

---

* 환멸 | 꿈, 기대, 희망 들이 깨어졌을 때 생기는 괴롭고 실망스러운 느낌.

까요. 그것이 제가 지금 여러분이 보시는 바와 같이 상복을 입지 않은 이유입니다."

그는 밝은 황갈색 코트를 흔들어 보였다. 치아가 빠진 자리 위로 흙빛 입술이 부들부들 떨렸다. 흐느끼듯 들리는 날카로운 웃음소리가 그치자 물기에 젖은 두 눈이 한곳에 고정되었다.

"그래요…… 정말 그래요……."

사람들이 동의했다.

여인은 코트를 덮은 채 구석에 앉아 이야기를 듣고 있었다. 그녀는 지난 석 달 동안 남편과 친구들의 말에서 깊은 슬픔에 빠진 자신을 위로해 줄 뭔가를 찾으려 했다. 비록 곧바로 죽는 것은 아니라 해도 목숨이 위험한 곳으로 아들을 보내야 한다는 사실을 어머니로서 어떻게 해야 받아들일 수 있는지를 알고 싶었던 것이다. 하지만 그동안 그 많은 말 속에서 단 한 마디도 찾지 못했다. 오히려 어느 누구도 자신의 마음을 나눌 수 없다는 것을 깨달았고, 슬픔은 더욱 커지기만 했다.

하지만 지금 승객들의 말은 놀라웠고, 그녀를 더욱 처참하게 만들었다. 그녀는 갑자기 다른 사람이 잘못된 것도 아니고, 자신을 이해해 주지 않았던 것도 아니라는 것을 깨달았다. 단지 그녀 자신이 아들의 입대만이 아니라 아들의 죽음까지도 기꺼이 받아들일 수 있는 부모의 경지에 다다르지 못했다는 것을 깨달았을 뿐이다.

그녀는 머리를 들었다. 그러고는 뚱뚱한 남자가 자기 아들이 국왕과 국가를 위해 영웅으로 행복하게 후회 없이 죽어 간 것에 대해 승객들에게 자세히 이야기하는 것을 듣기 위해 구석에서 바깥 쪽으로 몸을 돌렸다. 마치 꿈에서도 보지 못한 세계를 만난 듯했다. 그녀가 모르는 머나먼 세계였다. 그녀는 아들의 죽음에 대해 저토록 냉정하게 이야기할 수 있는 용감한 아버지를 모든 사람들이 치하하는 것이 만족스러웠다.

그런데 갑자기, 그녀는 지금까지 아무 이야기도 듣지 못한 것처럼, 마치 이제 막 꿈에서 깨어난 사람처럼, 그 남자를 향해 물었다.

"그런데…… 아드님은 정말로 죽었나요?"

모두가 그녀를 쳐다보았다. 그 남자도 그녀에게 몸을 돌렸다. 그러고는 물기를 머금은 크고 튀어나온 잿빛 눈으로 그녀의 얼굴을 뚫어지게 쳐다보았다. 잠시 동안 그는 대답을 하려고 애썼지만, 어떤 말도 떠오르지 않는 듯했다. 계속 그녀를 쳐다볼 뿐이었다. 마치 어리석고 터무니없는 그 질문을 받은 바로 이 순간에야, 자기 아들이 죽어서 이제 영원히 돌아오지 않는다는 사실을 깨닫기라도 한 것 같았다. 갑자기 그의 얼굴이 무시무시하게 일그러졌다. 그는 모두가 놀랄 정도로 급히 주머니에서 손수건을 꺼내더니 흐느끼기 시작했다. 비통*하고도 가슴이 찢어지는, 걷잡을 수 없는 울음이었다.

* 비통 | 몹시 슬퍼서 마음이 아픔.

1 외아들을 전쟁터에 보내게 된 여인의 상황에 대해 이야기해 보세
   요.

2 뚱뚱한 남자의 상황에 대해 이야기해 보세요.

3 여인과 뚱뚱한 남자는 문제를 바라보는 태도에서 어떤 차이를 보
   이나요?

4 뚱뚱한 남자는 왜 갑자기 울음을 터뜨렸나요?

모든 전쟁은 진정한 평화를 위해 시작되었다고 말한다. 그러나 전쟁에서 선한 동기라는 게 존재할까? 아무리 그럴듯한 말을 동원해도 전쟁만큼 인간의 역사에서 야만적인 것은 없다. 이 소설은 함께 열차 여행을 하는 사람들이 전쟁에 참가한 자식에 대해 걱정을 나누는 이야기다. 자식을 가진 입장에서 참전을 바라보는 시각이나 자식에 대한 사랑을 이야기하지만, 궁극적으로 전쟁이란 돌이킬 수 없는 이별이며 죽음이라는 것을 말하고 있다.

여기서 갈등의 축을 만드는 인물은 외아들을 전쟁터에 보내게 된 여인과 남편이다. 그들이 열차에 올라 자신들의 슬픔을 이야기하자 함께 탄 사람들이 공통의 상황에 처한 각자의 입장을 말한다. 여인의 슬픔에 대해 가장 냉철하고 자신 있게 의견을 말하는 사람은 뚱뚱한 남자로, 작가가 주제를 나타내려고 내세운 인물이다.

작가는 그를 통해서 착실한 사람들이 국가를 위해 행복하고 후회 없이 죽는 것이 과연 말만큼이나 진실을 담고 있는지 묻고 있다. 전쟁과 국가와 대의(大義), 심지어 행복이라는 말을 곰곰 따져 보라고 말하고 있다. 특히 반전의 방식을 통해 그 이야기들이 솔직하지 못한 말잔치일 뿐이라는 것을 극적으로 보여 준다. 의연한 듯 보였던 그 남자가 마지막에 울음을 터뜨리는 모습은 전쟁의 본질을 유감없이 보여 주며, 그 남자의 등을 토닥거려 주고 싶은 마음까지 들게 한다. 참전한 자식에 대한 부모의 마음을 보여 주는 대목에서는 부모와 자식의 관계를 돌아보게 한다.

작가는 인간의 겉모습과 실재가 서로 다른 데에 주목하는 작품을 많이 썼다고 한다. 이 작품 또한 겉모습과 실재가 일치하지 않는 인물을 다루고 있다. 그런 불일치와 틈새를 주목하는 것, 그리하여 실재를 말하는 것이야말로 작가의 몫이 아닐까? 전쟁은 죽음과 이별을 가져오는 슬픔 그 자체며, 다시는 되풀이되어서는 안 되는 것이다.

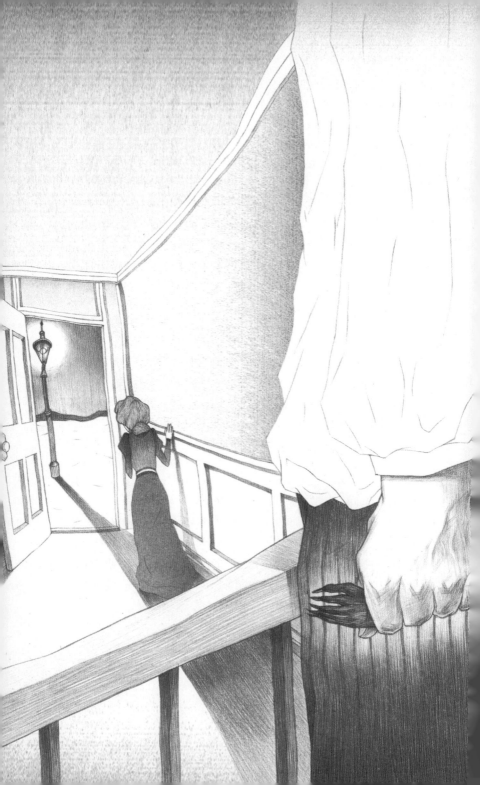

원숭이 발 ^{The Monkey's Paw}

윌리엄 위마크 제이콥스 지음

송무 옮김

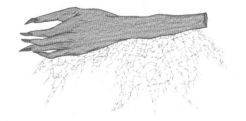

윌리엄 위마크 제이콥스 William Wymark Jacobs (1863~1943) ·······················

영국 런던에서 태어나 버크벡대학을 졸업하였다. 우체국 공무원으로 일하면서 소설을 발표하기 시작하였고, 어린 시절의 템즈강 부두 체험을 바탕으로 쓴 첫 소설집《많은 화물》이 비평가들의 주목을 받았다. 작품을 인정받자 공무원직을 그만두고 글쓰기에 전념하여 많은 소설을 남겼다. 주요 작품집으로는 장편소설《선장의 구혼》, 소설집《유람선의 숙녀》, 《성계》, 《야간경비원》등이 있다. 그의 작품은 뱃사람들 이야기가 많고 어조가 대부분 유머러스하지만 가장 널리 알려진 작품은 괴기한 소재를 다룬 이국적 분위기의 공포소설 〈원숭이 발〉이다.

1

그날 밤, 바깥은 몹시 춥고 축축했다. 하지만 러버넘 빌라의 작은 거실 안에는 블라인드가 잘 내려져 있었고, 벽난로 불도 활활 타오르고 있었다. 거실에서는 화이트 씨와 그의 아들 허버트가 체스를 두는 중이었다. 판세를 단번에 뒤집을 묘수를 찾던 화이트 씨가 킹을 잘못 움직이는 바람에 심각한 위험에 놓이게 되었고, 화이트 씨는 난롯가에서 조용히 뜨개질을 하고 있던 늙은 아내에게 훈수까지 들어야 했다.

"저 바람 소리 좀 들어 봐라."

뒤늦게 자신의 결정적인 실수를 깨달은 화이트 씨는 자신의 실수를 아들이 알아차리지 못하게 하려고 살가운 태도로 딴청을 피웠다.

"듣고 있어요."

무뚝뚝하게 체스 판을 훑어보던 아들이 손을 쭉 뻗었다.

"장군!"

"아무래도 그 사람이 오늘 밤에 오지 못할 것 같구나."

화이트 씨가 판 위에 엉거주춤 손을 올리면서 말했다.

"외통수*거든요."

아들이 대꾸했다.

• 외통수 | 장기나 체스 같은 놀이에서, 상대방을 꼼짝할 수 없게 하는 수.

"아무리 외진 곳이라 해도 이보다 더 살기에 끔찍한 곳이 있을까."

화이트 씨가 느닷없이 소리를 질렀다.

"세상에 아무리 더럽고 질척거리고 외진 곳이 많다 해도 이렇게 끔찍한 데는 없어. 샛길은 온통 수렁이고 큰길은 강물이니. 사람들이 도대체 무슨 생각을 하고 있는지 모르겠단 말이야. 도로변에 셋집이 두 채뿐이니까 괜찮다고 생각하는 건가."

"괜찮아요, 여보. 다음 판은 당신이 이길 거예요."

화이트 부인이 달래듯이 말했다.

화이트 씨가 얼른 고개를 들어 보니 아내와 아들이 서로 의미심장한* 눈짓을 주고받고 있었다. 화이트 씨의 입안에서 하려던 말이 슬며시 기어 들어가 버렸다. 그는 듬성듬성한 잿빛 턱수염으로 멋쩍은 웃음을 감출 수밖에 없었다.

"그 사람이 저기 오는군."

화이트 씨가 말했다.

쾅 소리와 함께 대문이 닫히더니, 묵직한 발소리가 점점 가까이 다가왔다. 화이트 씨는 손님을 맞이하려고 얼른 일어났다. 문이 열리면서 손님에게 뭔가 위로의 말을 건네는 소리가 들렸고, 손님이 자신의 처지를 한탄하는 말도 들렸다. 화이트 부인은 '쯧쯧' 하며 혀를 찼고, 남편이 방으로 들어오자 가벼운 헛기침을 했다. 남편을 뒤따라 들어온 사람은 체격이 크고 우람한 남자로, 눈이 부리부리하고 얼굴은 불그레했다.

"특무상사* 모리스 씨요."

화이트 씨가 손님을 소개했다.

특무상사는 악수를 나눈 뒤, 주인이 권하는 대로 난로 곁에 앉았다. 그러고는 화이트 씨가 술과 술잔을 꺼내고 불 위에 조그만 놋 주전자를 얹어 놓는 모습을 흐뭇하게 지켜보았다.

술이 세 잔째가 되자 특무상사는 눈을 반짝이면서 말문을 열었다. 단출한 이 집 세 식구는 먼 곳에서 온 손님을 열심히 바라보았다. 손님은 앉은 채로 넓은 어깨를 쭉 펴고 다른 나라의 낯선 풍물과 대담무쌍한 모험, 전쟁과 역병, 그리고 그곳의 낯선 사람들에 대해 이야기해 주었다.

"벌써 20년이 지났어."

화이트 씨가 아내와 아들을 향해 고개를 끄덕거리며 말했다.

"이 사람이 상점 일을 그만두고 떠날 때만 해도 가냘픈 청년이었지. 그런데 지금 이 사람을 보라고."

"험한 일을 많이 겪은 분 같아 보이진 않아요."

화이트 부인이 점잖게 말했다.

"나도 인도에 가 보고 싶네. 세상 구경 좀 하고 싶어."

화이트 씨가 말했다.

"그냥 여기 계시는 편이 좋습니다."

• 의미심장한 | 뜻이 깊고 특별한.
• 특무상사 | 군대에서 장교와 병 사이의 계급인 하사관 가운데 제일 높은 계급.

특무상사가 고개를 내저으며 말했다. 그는 빈 잔을 내려놓으며 가볍게 한숨을 내쉬더니, 다시 한 번 고개를 가로저었다.

"옛 사찰들, 스님들, 마술사들을 보고 싶네. 그건 그렇고, 자네가 전에 내게 원숭이 발이니 뭐니 했던 것은 무슨 이야기였나, 모리스."

"아무것도 아닙니다. 들을 만한 이야기가 못 됩니다."

특무상사가 얼른 말했다.

"원숭이 발이라고요?"

화이트 부인이 궁금한 듯 물었다.

"글쎄 뭐, 마술 나부랭이 같은 거죠."

특무상사는 무뚝뚝하게 말했다.

세 식구는 궁금증을 못 이기고 몸을 바짝 앞으로 기울였다. 손님은 술도 없는 빈 잔을 무심코 입으로 가져갔다가 다시 내려놓았다. 주인이 술잔을 채웠다.

특무상사는 주머니 속을 뒤적이며 말했다.

"보기에는 그냥 평범하고 조그만 발이죠. 말린 것입니다."

그는 주머니에서 뭔가를 꺼내 보여 주었다. 화이트 부인은 얼굴을 찡그리고 물러나 앉았다. 하지만 아들은 물건을 건네받고 흥미로운 듯 자세히 살폈다.

"그런데 이게 뭐가 그렇게 특별하단 말인가?"

화이트 씨는 아들에게서 물건을 받아 찬찬히 살펴본 다음, 테이블 위에 내려놓으며 물었다.

"어떤 스님이 여기에 주문을 걸어 놓았죠. 덕망이 높은 스님이었습니다. 그 스님은 사람이 운명을 거스를 수 없다는 걸 보여주고 싶었답니다. 운명을 바꾸려는 사람들은 불행해진다는 걸보여 주고 싶었던 거지요. 그래서 여기에다 주문을 걸어 놓았어요. 세 사람이 각자 세 가지 소원을 이룰 수 있도록 말입니다."

특무상사의 태도가 너무 진지했기 때문에, 세 사람은 손님의기분을 상하지 않게 하려고 가벼운 웃음이 나오는 것조차 참아야 했다.

"그럼, 왜 아저씨는 세 가지 소원을 이루지 않으세요?"

아들이 영리한 척 물었다.

특무상사는 중년의 어른이 철없는 젊은이를 바라보듯 그를 바라보았다.

"이미 이루었다네."

특무상사는 조용히 말했다. 부스럼투성이인 그의 얼굴이 파리해졌다.

"정말 세 가지 소원을 이루었단 말인가요?"

화이트 부인이 물었다.

"그럼요."

특무상사는 말했다. 술잔이 그의 억센 이빨에 가볍게 부딪혔다.

"딴 사람도 소원을 빌었나요?"

화이트 부인이 또 물었다.

"첫 번째 사람이 세 가지 소원을 이루었습니다. 처음의 두 가지 소원이 무엇이었는지는 모르겠습니다. 하지만 세 번째는 죽고 싶다는 소원이었습니다. 그래서 제가 이걸 가지게 되었죠."

특무상사의 말투가 하도 엄숙해서 듣는 사람들은 저절로 조용해졌다.

"자네가 세 가지 소원을 이루었다면, 이제 그건 자네에게 쓸모없는 물건 아닌가, 모리스. 그런데 왜 그것을 가지고 있나?"

이윽고 화이트 씨가 입을 떼었다.

"헛된 생각 때문일 겁니다."

특무상사는 머리를 내저었다. 그러고는 느릿느릿 말을 이었다.

"팔 생각도 해 봤죠. 하지만 팔지는 못할 것 같습니다. 이게 벌써 불행한 일을 많이 일으켰으니까요. 게다가 사겠다고 나서는 사람도 없고요. 어떤 사람은 헛소리라며 믿지 않으려 하고, 뭔가 있다고 생각하는 사람들도 먼저 사용해 보고 돈은 나중에 주겠다고 합니다."

"자네가 세 가지 소원을 한 번 더 이룰 수 있다면, 자넨 그걸 이루려고 하겠는가?"

화이트 씨는 그를 날카롭게 바라보며 말했다.

"글쎄요. 모르겠습니다."

특무상사가 대답했다.

특무상사는 원숭이 발을 집게손가락과 엄지손가락으로 들고 있다가, 느닷없이 불 속에 내던져 버렸다. 화이트 씨는 얼른 몸을 굽혀 불 속에서 그것을 꺼냈다.

"그냥 태워 버리는 게 나을 텐데요."

특무상사가 진지하게 말했다.

"자네에게 필요 없다면, 나한테 주게."

"안 됩니다."

특무상사가 완강하게 말했다.

"저는 그걸 이미 불 속에 버렸습니다. 가졌다가 무슨 일이 생겨도 저를 탓하지 마십시오. 아니에요, 제발 그걸 다시 불 속에 던져 버리세요. 그게 잘하는 일입니다."

하지만 화이트 씨는 고개를 내저으며 새로 얻은 물건을 꼼꼼하게 살펴보았다.

"어떻게 하는 건가?"

화이트 씨가 물었다.

"오른손으로 들어 올리고 소원을 말하세요. 결과는 책임 안 집니다."

"《아라비안나이트》*에 나오는 이야기 같군요."

화이트 부인이 저녁상을 차리면서 말했다.

"내게 손이 여덟 개 달리게 해 달라고 빌어 보지 않으려오?"

화이트 씨가 주술이 걸린 그 물건을 주머니에서 꺼내 들자, 세 식구는 모두 웃음을 터뜨렸다. 하지만 특무상사는 흠칫 놀란 표

---

* 《아라비안나이트》 | 아랍어로 쓰인 설화집. 아라비아의 민화를 중심으로 페르시아, 인도, 이란, 이집트 등지의 설화까지 포함되어 있다.

정으로 얼른 화이트 씨의 팔을 붙들었다.

"소원을 말하시려거든 뭔가 그럴듯한 것으로 하십시오."

특무상사가 무뚝뚝하게 말했다.

화이트 씨는 물건을 도로 주머니에 집어넣었다. 그리고 의자를 하나 더 가져와 식탁 앞에 놓은 다음, 손짓으로 특무상사를 불렀다. 저녁을 먹는 동안 마법의 물건은 잠시 잊혀졌다. 식사를 마친 세 식구는 특무상사가 두 번째로 풀어 놓기 시작한 인도 모험담에 넋을 잃고 귀를 기울였다.

얼마 후 손님이 막차를 타야 한다며 집을 나가자 아들이 문을 닫으면서 말했다.

"원숭이 발 이야기가 그 아저씨의 다른 이야기처럼 믿기 힘든 이야기라면, 그 물건에서 별로 얻을 게 없겠는데요."

"당신, 그거 받은 대가로 그 사람에게 뭘 좀 드렸나요?"

화이트 부인이 남편의 기색을 살피면서 물었다.

"좀 줬어."

화이트 씨는 얼굴을 살짝 붉히며 말했다.

"안 받겠다는 걸 억지로 좀 쥐어 줬지. 그런데 또 이걸 내다 버리라고 야단하더군."

아들이 두려워하는 척하며 말했다.

"혹시 알아요? 우리가 부자가 되어 유명해지고 행복해질지도 모르잖아요. 아버지, 우선 황제가 되도록 빌어 보세요. 그러면 어머니한테 잡혀 살지 않아도 될 테니까요."

놀림을 받은 어머니가 의자 덮개를 치켜들고 쫓아가자 아들은 식탁을 돌아 잽싸게 달아났다.

화이트 씨는 주머니에서 원숭이 발을 꺼내 들고 아무래도 믿기지 않는다는 듯 찬찬히 들여다보았다.

"무슨 소원을 빌어야 할지 모르겠다. 필요한 건 다 가지고 있는 것 같으니."

"집 안만 깨끗해지면 아주 행복하시겠죠?"

아들이 아버지의 어깨에 손을 얹으며 말했다.

"그럼, 200파운드만 달라고 말해 보세요. 그거면 충분할 테니."

화이트 씨는 걸핏하면 뭐든 믿어 버리는 자신을 생각하고 쑥스럽게 웃으며 마법에 걸린 물건을 들어 올렸다. 아들은 자못 엄숙한 표정을 짓다가 어머니에게 한쪽 눈을 찡긋하고는 피아노 앞에 앉아 감명 깊은 곡을 몇 소절 쳤다.

"내게 200파운드를 다오."

화이트 씨가 또박또박 말했다.

피아노 소리가 멋지게 쾅, 하고 화이트 씨의 말에 답했다. 하지만 피아노 연주는 화이트 씨가 내지른 오싹한 비명에 중단되고 말았다. 아내와 아들이 그에게 달려갔다.

"이게 움직였어."

화이트 씨는 진저리를 치면서 방바닥에 떨어진 물건을 흘낏 보았다.

"소원을 말하니까 저것이 손에서 뱀처럼 꿈틀했단 말이야."

"그렇지만 돈은 안 보이는데요. 돈이 나오면 내 손에 장을 지지겠어요."

아들이 원숭이 발을 집어 식탁 위에 놓으면서 말했다.

"당신이 헛생각을 한 거겠지요."

화이트 부인이 남편을 불안하게 바라보며 말했다. 화이트 씨는 고개를 저었다.

"아무튼 걱정할 건 없어. 나쁜 일은 안 일어났으니까. 그래도 정말 깜짝 놀랐네."

그들은 다시 난롯가에 앉았고, 부자는 파이프 담배를 피웠다. 바깥에서는 바람이 더 거세게 불어왔다. 위층에서 '탕' 하고 문이 열리는 소리가 나자 화이트 씨는 깜짝 놀라면서 불안해 했다. 세 사람은 모두 전에 없이 울적한 침묵에 잠겼다. 그런 상태는 잠자리에 들 때까지 계속되었다.

"돈다발이 든 큰 가방이 침대 한가운데 놓여 있을 거예요. 그리고 부정하게 얻은 돈을 주머니에 챙기실 때, 장롱 위에서 무서운 것이 웅크리고 앉아 지켜볼지도 몰라요."

아들이 밤 인사를 하며 말했다.

화이트 씨는 어둠 속에 홀로 앉아 꺼져 가는 불꽃을 물끄러미 바라보았다. 꺼져 가는 불꽃 속에 여러 얼굴이 보였다. 마지막 얼굴은 섬뜩할 만큼 원숭이를 닮았다. 그는 소스라치게 놀라 그 얼굴을 뚫어지게 들여다보았다. 너무나 생생했다. 그는 불을 꺼 버릴 생각으로 나지막이 불안한 웃음을 터뜨리며 식탁을 더듬어

물이 들어 있는 컵을 찾았다. 뭔가를 손에 쥐고 보니 원숭이 발이었다. 오싹한 기분에 몸이 부르르 떨렸다. 그는 옷자락에 손을 닦고 잠자리에 들기 위해 2층으로 올라갔다.

2

다음 날 아침 눈부신 겨울 햇살이 아침 식탁 위로 쏟아지자 화이트 씨는 지난밤의 공포가 떠올라 웃음이 나왔다. 집 안에는 여느 때처럼 안정된 일상의 기운이 감돌았다. 더럽고 쭈글쭈글한 원숭이 발은 자신의 효험은 별로 믿을 게 못 된다는 듯 무심하게 찬장 위에 내던져져 있었다.

"나이깨나 먹은 군인들은 다 똑같다니까."

화이트 부인이 말했다.

"우리도 참, 그런 헛소리를 듣고 혹하다니……. 요즘 세상에 무슨 소원이 이루어진다고! 또 설령 이루어진다고 해도 그래요. 돈 200파운드 때문에 당신이 다치다니, 그게 말이 돼요?"

"돈이 하늘에서 머리 위로 떨어질지도 모르지요."

아들이 경망스럽게 말했다.

"모리스 말로는 일이 아주 자연스럽게 일어났다고 하더군. 그래서 소원대로 되더라도 우연히 일어난 일로 생각하게 된다는 거야."

"여하튼 제가 돌아오기 전에는 돈을 쓰지 마세요."

아들은 식탁에서 일어나면서 말했다.

"돈이 생기면 아버지가 갑자기 욕심만 부리는 쩨쩨한 분이 될까 봐 걱정이에요. 그러면 저흰 아버지를 아버지라고 생각지 않을 겁니다."

화이트 부인은 깔깔거리면서 문간까지 아들을 배웅하러 나갔고, 아들이 길을 따라 걸어가는 것을 지켜보았다. 그러고는 식탁으로 돌아왔는데, 그녀는 남편이 터무니없는 헛소리에 속아 넘어간 것이 재미있어 죽을 지경이었다. 하지만 그녀는 집배원이 문을 두드렸을 때 부리나케 달려 나갔다. 우편물에 양복점 청구서가 들어 있는 것을 보고는, 집배원에게 술 좋아하는 퇴역 특무 상사들 이야기를 짤막하게 해 주기도 했다.

"허버트가 퇴근하면 재미있는 이야기를 더 들을 수 있겠군요."

화이트 부인이 남편과 함께 저녁을 먹으며 말했다.

"그렇겠지. 어쨌든 그게 내 손에서 움직인 건 사실이야. 그건 정말이라고."

화이트 씨는 맥주를 따르며 대답했다.

"착각한 거겠죠."

부인은 남편을 달래듯이 말했다.

"아냐, 움직였다니까. 착각한 게 아니라고. 내가 막…… 아니, 왜 그래?"

아내는 아무런 대답도 하지 않았다. 그녀는 밖에서 이상한 행동을 하고 있는 한 남자를 바라보았다. 남자는 머뭇거리면서 집

쪽을 살폈다. 집 안으로 들어오기가 아무래도 망설여지는 모양
이었다. 혹시나 200파운드와 관계가 있지 않을까 생각하면서 살
펴보니, 낯선 사람은 말쑥한 옷차림에 윤이 나는 새 실크 모자를
쓰고 있었다. 그는 대문 앞에서 서성거리더니 다시 다른 쪽으로
걸어가 버렸다. 이윽고 그는 대문에 손을 댔다. 그러더니 마음을
굳힌 듯, 갑자기 문을 벌컥 열어젖히고 뜰 안으로 걸어 들어왔
다. 그와 동시에 화이트 부인은 앞치마 끈을 허둥지둥 풀어서는
의자 방석 밑으로 쑥 집어넣었다.

화이트 부인이 집 안으로 데리고 들어온 남자는 어쩐지 안절
부절못했다. 그는 슬며시 부인의 눈치를 살폈다. 화이트 부인이
집안 꼴이 말이 아니라 미안하다고 하면서 남편이 정원 일을 할
때 입는 웃옷을 미처 치우지 못했다고 수선을 피우는 동안, 그는
딴생각에 정신이 팔린 듯 그저 부인의 말을 듣고만 있었다. 화이
트 부인은 최대한 참을성을 발휘해 남자가 용건을 꺼내기를 기
다렸다. 남자는 이상하게도 좀처럼 입을 열지 않았다.

"저는…… 부탁을 받고 찾아뵈었습니다."

마침내 그가 입을 열었다. 그러고는 몸을 굽히더니 바지 주머
니에서 명함을 꺼냈다.

"저는 모 앤드 메긴스 회사에서 나왔습니다."

화이트 부인은 화들짝 놀랐다.

"아니 무슨 일이 있나요? 우리 허버트에게 무슨 일이 있나요?
무슨 일이에요? 네?"

그녀는 숨을 죽이고 물었다.

"자, 자, 여보. 앉아요. 그렇게 성급하게 단정하지 말아요. 무슨 나쁜 소식을 가져온 건 아니겠죠?"

화이트 씨는 상대방을 찬찬히 바라보았다.

"죄송합니다······."

남자가 입을 열었다.

"그 애가 다쳤나요?"

화이트 부인이 다급하게 물었다.

남자는 그렇다는 뜻으로 고개를 숙였다.

"네, 중상이었습니다."

남자는 나지막한 목소리로 덧붙였다.

"하지만 이제 고통은 없을 겁니다."

"아이고, 다행이군요!"

화이트 부인이 두 손을 마주 잡으며 말했다.

"천만다행이에요, 정말······."

화이트 부인은 갑자기 말을 뚝 끊었다. 불현듯 그의 말에 담긴 불길한 뜻을 깨달았기 때문이었다. 그녀는 상대방의 일그러진 표정을 보고 자신의 끔찍한 짐작이 맞다는 것을 확인했다. 부인은 숨을 몰아쉬며, 눈치가 늦은 남편을 향해 돌아섰다. 그러고는 떨리는 손으로 남편의 손을 부여잡았다. 긴 침묵이 흘렀다.

"기계에 걸렸습니다."

남자가 다시 한 번 나지막한 목소리로 말했다.

"기계에 걸렸다고?"

화이트 씨는 멍하니 되뇌었다. 그러고는 앉은 채로 창밖을 멀거니 내다보면서, 그 옛날 40년 전에 아내와 연애할 때처럼 부인의 손을 꼭 거머쥐었다.

"우리에게 하나밖에 없는 아이요."

화이트 씨는 남자를 향해 말했다.

"정말 가혹하오."

남자는 헛기침을 하고는 자리에서 일어나 천천히 창가로 걸어갔다.

"회사에서 두 분께 심심한 조의를 전해 드리라고 저를 보냈습니다."

남자는 돌아보지 않은 채 말했다.

"저는 그저 심부름 온 사람이고 지시에 따르는 사람임을 이해해 주시기 바랍니다."

화이트 씨 부부는 아무런 대답도 하지 않았다. 화이트 부인의 얼굴은 새하얗게 질려 있었고, 눈은 뭔가를 노려보고 있었다. 숨소리도 들리지 않았다. 화이트 씨의 얼굴에는 친구인 특무상사가 첫 번째 일을 당했을 때 지었을 법한 표정이 떠올랐다.

"회사는 이 일에 어떤 책임도 없음을 말씀드립니다. 회사에 책임은 없습니다만, 아드님이 회사를 위해 일한 것을 고려하여 소정의 보상금을 드리고자 합니다."

화이트 씨는 아내의 손을 떨어뜨리고 벌떡 일어서서 남자를 노려보았다. 그러고는 바짝 마른 입술로 간신히 말을 뱉어 냈다.

"얼마를 말이요?"

"200파운드입니다."

화이트 씨에게는 아내의 비명이 들리지 않았다. 그는 희미한 미소를 띤 채 장님처럼 두 손을 허우적거리며 고목이 쓰러지듯 바닥에 털썩 쓰러졌다.

3

화이트 씨 부부는 3킬로미터쯤 떨어진 엄청나게 넓은 새 공동묘지에 죽은 아들을 묻고, 어둠과 적막으로 둘러싸인 집으로 돌아왔다. 모든 일이 너무 순식간에 끝나 버려 처음에는 무슨 일이 벌어졌는지조차 제대로 깨닫지 못할 지경이었다. 노부부에게 그 일은 너무나 힘겨운 짐이었기 때문에, 두 사람은 뭔가 다른 일이라도 일어나 그 짐을 덜어 주었으면 하는 심정이었다.

하지만 시간이 지날수록 그 막연한 기대는 체념으로 바뀌었다. 감정이 없다고 오해받는 노인들의 절망적인 체념처럼 말이다. 노부부는 서로 말 한 마디 주고받고 지내지 않을 때도 있었다. 사실 할 말도 없었다. 하루하루가 지겨울 정도로 길 뿐이었다.

그 일이 있고 일주일쯤 지났을까. 화이트 씨가 한밤중에 문득 잠에서 깨어 손을 뻗어 보니 옆자리에 아내가 없었다. 집 안은 온통 깜깜한데 창가에서 숨죽인 듯 흐느끼는 소리가 들려왔다.

그는 침대에서 몸을 일으켜 귀를 기울였다.

"이리 오구려. 감기 들겠어."

화이트 씨가 부드럽게 말했다.

"내 아들은 더 추울 거예요."

화이트 부인은 다시금 울음을 터뜨렸다.

그녀의 흐느끼는 소리가 그의 귓가에 잦아들었다. 침대는 따뜻했고 눈꺼풀은 졸음으로 무거웠다. 그러다 깜빡 잠이 들었던 그는 아내의 느닷없는 비명에 놀라 다시 눈을 떴다.

"원숭이 발!"

화이트 부인이 무섭게 소리 질렀다.

"원숭이 발 말이에요!"

화이트 씨는 놀라서 벌떡 일어났다.

"어디? 그게 어디 있어? 무슨 일이야?"

화이트 부인은 비틀거리며 방을 가로질러 남편에게 다가왔다.

"그게 있어야겠어요."

화이트 부인이 나지막한 목소리로 말했다.

"아직 없애 버리지는 않았죠?"

"거실에 있소. 선반에."

화이트 씨는 의아하게 여기며 물었다.

"그런데 그건 왜?"

화이트 부인은 울다가 웃었다. 그러고는 허리를 굽혀 남편의 볼에 입을 맞췄다.

"방금 생각이 났어요. 왜 그걸 진작 생각하지 못했지? 왜 당신은 그런 생각을 못했어요?"

화이트 부인이 흥분해서 말했다.

"무슨 생각 말이오?"

"소원이 두 개 남았잖아요. 한 가지밖에 빌지 않았으니까."

화이트 부인이 재빨리 대답했다.

"아니, 그걸로 부족하단 말이오?"

화이트 씨가 화를 냈다.

"그래요."

화이트 부인이 의기양양하게 외쳤다.

"한 가지 더 빌어야 해요. 어서 내려가서 그걸 가져와요. 우리 아들을 살려 달라고 합시다."

화이트 씨는 침대에서 일어나 팔다리를 부들부들 떨며 이부자리를 걷어 젖혔다.

"당신 미쳤군!"

화이트 씨는 기가 막힌 듯 소리쳤다.

"가져와요!"

화이트 부인은 헐떡거렸다.

"빨리 가져오라니까요! 그리고 빌어요! …… 아이고, 우리 아들, 우리 아들!"

화이트 씨는 성냥을 켜 초에 불을 붙였다.

"그냥 잠이나 자요. 당신은 지금 무슨 말을 하고 있는지 모르고 있어."

화이트 씨가 더듬거리며 말했다.

"첫 번째 소원이 이루어졌잖아요. 두 번째 소원이라고 안 이루 어지겠어요?"

화이트 부인이 흥분하여 말했다.

"우연의 일치야."

"얼른 가져와서 소원을 말하라니까요."

화이트 부인이 몸을 떨며 소리쳤다.

"그 아이가 죽은 지 벌써 열흘째요. 게다가―이런 말은 하지 않으려고 하였소만―옷을 보고 겨우 알아보았잖소. 그때도 너 무 끔찍하여 차마 볼 수 없었는데, 지금은 어떻겠소?"

화이트 씨가 아내를 바라보며 떨리는 목소리로 말했다.

"다시 살려 내요."

화이트 부인은 소리를 내지르며 남편을 문 쪽으로 끌고 갔다.

"내 손으로 기른 아이를 내가 무서워할 줄 아시오?"

화이트 씨는 어둠 속에서 아래층으로 내려갔다. 더듬거리며 거실에 놓인 벽난로 근처까지 갔다. 원숭이 발은 제자리에 있었 다. 그는 아직 소원을 빌지도 않았는데, 자신이 미처 방에서 도 망치기도 전에 소원이 이루어져 눈앞에 팔다리가 절단된 아들이 나타날까 싶어 오싹한 공포에 몸을 떨었다. 그러다가 문이 어디 있는지 방향감각까지 잃어버린 것을 알고, 그는 숨이 콱 막혔다. 이마에는 식은땀이 흘렀다. 더듬더듬 식탁을 돌아 벽을 짚어 가다 보니 어느새 비좁은 통로에 들어섰다. 그 불길한 물건을 손에 쥔 채로.

방으로 들어서자 화이트 부인은 해쓱한 얼굴로 뭔가 잔뜩 기대하는 표정을 짓고 있었다. 그 표정이 사람의 표정 같지 않아 화이트 씨는 소름이 끼쳤다. 아내가 무서웠다.

"소원을 말해요!"

화이트 부인이 소리쳤다.

"어리석고 몹쓸 짓이야."

화이트 씨가 더듬거리며 대답했다.

"소원을 말해요!"

화이트 부인이 다시 말했다.

"내 아들이 다시 살아나기를 소원한다."

화이트 씨는 손을 들어 올리며 말했다.

원숭이 발이 바닥으로 툭 떨어졌다. 화이트 씨는 후들후들 떨며 그것을 내려다보다가 의자에 털썩 주저앉았다. 화이트 부인은 창가로 가서 이글거리는 눈으로 블라인드를 올렸다.

화이트 씨는 창밖을 뚫어지게 내다보고 있는 늙은 아내의 모습을 힐끗힐끗 쳐다보면서, 추위로 몸이 으스스해질 때까지 앉아 있었다. 가장자리까지 다 타 버린 초가 천장과 벽에 흔들리는 그림자를 만들다가 한 번 크게 타오르고는 마침내 꺼져 버렸다. 소원을 말했지만 효험이 없다는 생각이 들자, 화이트 씨는 말할 수 없는 안도감을 느끼면서 다시 침대로 기어 들어갔다. 곧바로 화이트 부인도 멍한 표정으로 말없이 들어와 곁에 누웠다.

두 사람은 아무 말없이 누워 째깍거리는 시계 소리에 조용히 귀를 기울였다. 계단에서 삐걱거리는 소리가 나는가 싶더니, 쥐 한 마리가 찍찍거리며 벽 속을 시끄럽게 달려갔다. 어둠이 무겁게 드리워 있었다. 화이트 씨는 누워서 한동안 용기를 끌어모았다. 그런 다음 성냥 한 개비를 켜서는 초를 가지러 아래층으로 내려갔다.

층계를 다 내려오자 성냥불이 꺼졌다. 화이트 씨는 잠시 걸음을 멈추고 또 하나를 켰다. 바로 그 순간이었다. 현관문을 두드리는 소리가 들려왔다. 그 소리는 겨우 들릴락 말락 할 정도로 작은 소리였다.

손에 쥔 성냥갑이 떨어져 바닥에 쏟아졌다. 화이트 씨는 꼼짝 않고 서서 숨을 멈추었다. 다시 문을 두드리는 소리가 났다. 그는 몸을 돌려 재빨리 방으로 돌아와 문을 닫았다. 또다시 문을 두드리는 소리가 온 집 안을 울렸다.

"무슨 소리예요?"

화이트 부인이 벌떡 일어나 소리쳤다.

"쥐 새끼야. 층계를 내려가는데 내 옆으로 획 지나가더라고."

화이트 씨가 떨리는 목소리로 말했다.

화이트 부인이 침대에서 일어나 앉아 귀를 기울였다. 문을 두드리는 소리가 커다랗게 온 집 안을 울렸다.

"허버트예요! 허버트라고요!"

그녀는 문간으로 달려갔다. 화이트 씨가 아내를 막아서며 팔을 붙잡고 꼭 껴안았다.

"당신, 어쩌려는 거야?"

그는 쉰 목소리로 나직이 말했다.

"내 아들이에요. 허버트란 말이에요!"

그녀는 막무가내로 몸부림치며 소리쳤다.

"묘지가 여기에서 3킬로미터 떨어져 있다는 것을 내가 깜빡했어요. 왜 나를 막는 거예요? 놓아요. 문을 열어야겠어요."

"제발, 집 안에 들여선 안 돼."

화이트 씨는 부들부들 떨면서 외쳤다.

"당신은 제 자식이 무섭단 말이에요?"

화이트 부인이 다시 한 번 몸부림을 치며 소리쳤다.

"놓아요. 기다려, 허버트야. 지금 나간다."

문을 두드리는 소리가 또 한 번, 그리고 한 번 더 났다. 화이트 부인은 갑자기 용을 써 몸을 비틀어 풀더니 부리나케 방에서 뛰쳐나갔다. 화이트 씨는 층계참까지 따라 나가 허둥지둥 뛰어 내려가는 아내의 등에 대고 애원하듯이 그녀를 불러 댔다. 문고리가 덜거덕거리며 풀리고, 아래 빗장이 빽빽하게 느릿느릿 빗장 구멍을 빠져나가는 소리가 들렸다. 그러더니 화이트 부인의 다급하고 숨 가쁜 목소리가 들려왔다.

"요놈의 빗장이."

그녀는 크게 소리 질렀다.

"내려와 봐요. 손이 안 닿아요."

하지만 그때 화이트 씨는 방바닥에 엎드려 정신없이 원숭이 발을 찾고 있었다. 바깥에 있는 것이 집 안에 들어오기 전에 그 것을 찾아야 했다. 연속으로 총을 쏘는 소리처럼 문 두드리는 소리가 온 집 안을 쩌렁쩌렁 울렸다. 아내가 의자를 통로로 끌어와 현관문에 기대어 놓는 소리가 들렸다. 빗장이 끼익 소리를 내며 천천히 풀리는 소리도 들려왔다. 그 순간 원숭이 발을 발견한 화이트 씨는 미친 듯이 마지막 소원을 빌었다.

문 두드리는 소리가 갑자기 뚝 그쳤다. 메아리만이 집 안을 맴돌았다. 의자를 뒤로 잡아당기는 소리, 그리고 문이 열리는 소리가 들렸다. 싸늘한 바람이 휘익 층계 위로 솟구쳐 올랐다. 절망에 가득 찬, 커다랗고 비참하게 울부짖는 소리가 화이트 부인에게서 터져 나왔다. 용기를 낸 화이트 씨는 아내 곁으로 달려 내려갔고, 내친 김에 대문 밖까지 달려 나갔다. 건너편의 깜박이는 가로등만이 인적 없는 적막한 길을 비추고 있었다.

1 화이트 씨의 세 가지 소원을 정리해 보세요.

2 여러분이 만약 모리스였다면 그 원숭이 발을 어떻게 처리했을까
  요?

3 화이트 씨 가족에게 불행이 찾아온 이유는 무엇일까요?

:: 생각 넓히기

〈원숭이 발〉은 짧지만 끝까지 손에 땀을 쥐게 하는 공포소설이다. 화이트 씨의 가족에게 닥친 불행이 보이는 것만 같아 무섭지만 읽고 나면 재미있다.

이 소설이 경계하는 것은 요행이나 횡재를 꿈꾸는 인간이다. 우연히 얻게 된 원숭이 발, 그 원숭이 발에 세 가지 소원을 빌게 된 화이트 씨는 우리 자신의 모습이기도 하다. 로또 대박, 수능 대박과 같이 일상에서 대박을 꿈꾸는 현실에서 화이트 씨의 불행은 남의 일이 아니다. 세상에 우연히 얻어지는 것은 없다. 대가를 치러야 한다. 쉽게 얻으려 할수록 치러야 할 게 많은 법이다. 행운이라고 생각했던 것이 도리어 불행을 불러온다는 아이러니한 사건 전개는 우리에게 요행이나 횡재를 바라지 말 것이며, 거저 오는 행운은 없다는 것을 충격과 공포로 말해 준다. 또한 원숭이 발에 주문을 걸어 놓은 스님의 의도처럼, 운명을 바꾸려고 헛된 욕망을 갖는 사람들은 불행해진다는 것을 끔찍한 사건으로 보여 준다.

이 소설은 이국적인 모험과 공포의 요소를 잘 엮어 놓았다. 영국에서 바라보는 인도는 모험과 마술사의 세계. 옛 사찰과 신비한 능력을 지닌 스님, 세 가지 소원을 이루어 주는 원숭이 발이 있는 곳이기도 하다.

화이트 씨의 가족이 겪은 불행은 모험의 세계와 이어져 생생하게 현실로 다가온다. 탄탄하게 짜인 소설의 구조 덕분이기도 하다.

세 가지 소원이라는 설정만 놓고 보면 가난한 부부가 소시지나 달라고 무심코 말했다가 해프닝으로 끝난 이야기와 비슷하다. 기회가 와도 그것을 제대로 쓰지 못하는 사람들의 어리석음을 교훈으로 삼는 이야기다. 이에 비해 〈원숭이 발〉은 강도가 무척 세다. 함부로 소원을 말하지 말라는 경고에도 가족들은 장난하듯 현금 200파운드를 달라고 말해 혹독한 대가를 치른다. '소원을 들어줄 테니 말해 보라'는 말은 대체로 인간을 욕심으로 이끈다. 내가 화이트 씨였다면 세 가지 소원을 어떻게 빌었을지 한번 이야기해 보자.

황금 뇌를
가진 사나이

La légende de l'homme
à la cervelle d'or

알퐁스 도데 지음

김남향 옮김

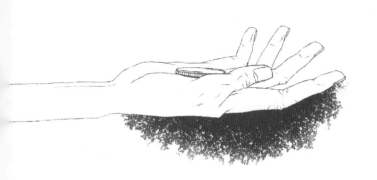

알퐁스 도데 Alphonse Daudet (1840~1897) ··

프랑스 남부에 있는 도시인 님에서 태어나 견직업을 하던 아버지의 파산으로 고등학교를 중퇴하고 중학교 사환으로 일하다가 17세에 형이 있는 파리로 가서 글을 쓰기 시작하였다. 이듬해 첫 시집《연인들》을 발표하여 장래성을 인정받고 유력 정치인인 모니 공작의 비서가 되어 후원을 받았다. 그 후 남프랑스에 살면서 이 지역의 민간설화, 풍경 등을 매력적인 필치로 그린 단편집《물방앗간 소식》으로 명성을 날렸다. 감수성이 풍부하고, 대상에 대한 묘사가 섬세하다는 평을 받았으며, 주요 작품집으로 소설집《월요일의 이야기들》, 장편소설《나바브》,《싸포》등이 있다.

사랑하는 부인!

부인의 편지를 읽고 나니 미안한 마음이 들었습니다. 그동안 제가 너무 어둡고 무거운 이야기만 들려 드렸다는 생각이 들었기 때문입니다.

그래서 오늘은 재미있고 유쾌한 이야기를 들려 드리기로 제 자신에게 약속했습니다.

하지만 또 이렇게 슬픈 이야기를 하게 되는군요.

부인, 저는 지금 파리의 우울한 안개에서 천 리나 떨어져 있고, 탬버린과 향기로운 포도주로 유명한 고장의 양지바른 언덕 위에 살고 있습니다.

제 집 주변에는 따뜻한 햇빛과 감미로운 음악이 넘쳐흐릅니다. 흰꼬리도요새의 오케스트라와 박새들의 합창단이 있지요. 아침이면 도요새들이 "꾸를리! 꾸를리!" 하며 노래하고, 한낮에는 매미들이 합창을 한답니다. 또 피리를 부는 목동들과 포도밭 사이에서 경쾌하게 웃는, 볕에 그을린 아름다운 아가씨들도 있습니다.

사실 이곳은 침울한 생각에 잠기기에는 적당치 않은 곳이죠. 오히려 부인에게 장밋빛 시와 품위 있는 이야기가 가득 담긴 바구니를 보내 드려야만 했을 겁니다.

그런데 그렇지 못할 것 같군요! 아직도 저는 파리에서 너무 가까운 곳에 있나 봅니다. 매일같이 파리는 제가 있는 소나무 숲

속까지 슬픈 소식을 보내옵니다. 제가 이 글을 막 써 내려가려는데, 가엾은 샤를르 바르바라가 비참하게도 죽음을 맞이했다는 소식을 들었습니다. 그로 인해 이곳은 온통 슬픔에 잠겨 있습니다.

잘 가거라. 도요새, 매미들아! 제 마음은 기쁠 게 조금도 없습니다. 부인, 제가 들려 드리기로 마음먹었던 즐겁고 익살스런 이야기 대신에 오늘은 또다시 슬픈 이야기만을 들려 드리게 되었습니다.

옛날에 황금 뇌를 가진 남자가 있었습니다. 그렇습니다, 부인. 머리가 온통 황금으로 된 사람이었지요.

그가 세상에 태어났을 때, 의사들은 그 아이가 얼마 살지 못하고 죽을 거라고 생각했습니다. 그 정도로 아이의 머리는 터무니없이 무거웠고 컸답니다. 그렇지만 아이는 살았고, 햇빛을 받고 자라는 아름다운 올리브나무처럼 건강하게 자랐습니다.

다만 한 가지 안타까운 점은 머리가 크다 보니 걸을 때마다 여기저기에 머리를 부딪히기도 하고 자주 넘어지기도 한다는 것이었습니다.

어느 날 그는 높은 계단에서 굴러 대리석 계단에 이마를 부딪혔습니다. 그런데 그의 머릿속에서 마치 금괴가 부딪치는 것 같은 소리가 났습니다. 처음에 부모는 그가 죽었다고 생각했습니다. 하지만 그를 일으키면서 금발 머리카락 속에 금 두세 방울이 핏자국처럼 굳어 있는 것을 보게 되었죠. 그렇게 해서 부모는 자신들의 아이가 금으로 된 두개골을 가졌다는 사실을 알게 된 것입니다.

부모는 그 사실을 아이에게 비밀로 하기로 했습니다. 가엾은 아이는 아무것도 알지 못했기 때문에 가끔 왜 자기를 다른 아이들과 함께 뛰어다니게 놔두지 않느냐고 물어볼 뿐이었습니다.

"누군가 널 훔쳐 갈지도 몰라. 우리 보물!"

그의 어머니는 이렇게 대답해 주었습니다.

어머니의 말을 믿은 그는 늘 자신이 납치라도 당할까 봐 두려웠습니다. 그래서 학교 공부가 끝나면 재빨리 집으로 돌아와 아무 말없이 혼자서만 놀았고, 이 방 저 방으로 무겁게 몸을 이끌고 다녔습니다.

그가 열여덟 살이 되었을 때, 그의 부모는 그에게 하늘이 내린 특별한 선물을 받고 태어났다는 사실을 알려 주었습니다. 그리고 그를 그때까지 키워 주었으니, 그 대가로 금을 조금 나누어 달라고 했습니다. 그는 망설이지 않았습니다. 당장―어떻게 어떤 방법으로 금을 떼어 냈는지는 전해지지 않습니다.―그는 머리에서 금덩어리를, 호두만 한 큰 금덩어리를 꺼내 자랑스럽게 어머니의 무릎에 놓았습니다. 그러고는 자신의 머릿속에 들어 있는 황금에 완전히 넋을 빼앗겼고, 이에 대한 욕망 때문에 미칠 지경이 되었습니다.

결국 그는 자신의 능력에 도취되어 집을 떠났고, 자신의 보물을 탕진*하면서 세상을 떠돌아다녔습니다.

그가 그토록 호화롭게, 헤아리지도 않고 금을 물 쓰듯 쓰며 생활하는 것을 보면, 그의 머릿속 황금은 결코 마르지 않을 것 같았습니다. 그렇지만 그의 뇌는 점점 말라 갔지요. 그에 따라 그의 눈빛도 흐려졌고, 뺨도 여위어 갔습니다.

금을 마구 써 버린 어느 날 새벽, 파티가 끝난 뒤였습니다. 쓰레기와 희미해지는 촛대 사이에 혼자 남은 그는 자신의 금괴에 생긴 엄청난 손실을 알고 깜짝 놀라고 말았지요. 지금까지 해 온 흥청망청한 생활을 이제 그만 멈춰야 할 때가 온 것입니다.

그때부터 새로운 생활이 시작되었습니다. 황금 뇌를 가진 남자는 사람들과 어울리지 않고, 손수 노동을 하며 수전노*처럼 의심과 걱정을 하게 되었지요. 여러 가지 유혹을 물리치면서 손대고 싶지 않은 이 숙명적인 부를 잊으려고 애쓰며 살았습니다. 하지만 불행하게도 그가 혼자 사는 곳까지 한 친구가 쫓아왔고, 그의 비밀까지 알게 되었습니다.

어느 날 밤, 황금 뇌를 가진 남자는 머리에 극심한 통증을 느끼고 소스라쳐 잠을 깼습니다. 끔찍한 고통이었죠. 그는 가물가물한 의식 속에서 무언가를 망토 아래에 숨긴 채 달아나는 친구를 보았습니다. 친구는 그에게서 황금을 훔쳐 달아난 것입니다!

얼마 후 그 남자는 사랑에 빠졌습니다. 하지만 그 사랑 때문에 모든 게 끝나고 말았습니다. 그는 진심으로 금발의 귀여운 여인을 사랑했습니다. 여인도 그를 사랑했지만, 그보다는 분첩과 하얀 깃털, 금빛 도는 적갈색의 예쁜 술 장식이 달려 있는 반장화*를 더 좋아했습니다. 사랑스러운―반은 새 같고 반은 인형 같은―여인의 손안으로 황금 조각들이 녹아 들어갔지만, 그에게 그것은 즐거움이었답니다. 그녀는 변덕이란 변덕은 다 부렸고 그는 결코 거절할 줄 몰랐습니다. 심지어 그녀를 슬프게 할까 두려워 자신의 재산에 대한 비밀을 끝까지 숨겼지요.

"우리는 부자지요?"라고 그녀가 물으면, 그는 "그럼, 그렇고말고. 아주 부자지."라고 대답했지요.

그리고 그는 자신의 머리를 갉아먹는 천진하고 귀여운 파랑새에게 사랑스럽게 미소를 지어 보였습니다.

때때로 그는 두려움에 사로잡혀 알뜰해지고 싶기도 했지만, 그럴 때마다 그 귀여운 여인은 그에게 뛰어와 말했습니다.

"엄청나게 부자인 당신, 제게 아주 비싼 것을 사 주세요!"

그러면 그는 그녀에게 정말 값진 것을 사 주었습니다.

어느덧 2년이 흘렀습니다. 어느 날 아침 그 귀여운 여인은 아

---

* 탕진 | 재물이나 힘 같은 것을 헛되이 다 써서 없애는 것.
* 수전노 | 돈을 모을 줄만 알고 도무지 쓰지 않는 사람을 낮잡아 이르는 말.
* 반장화 | 목이 단화보다는 길고 장화보다는 짧은 구두.

무런 이유도 없이, 마치 새처럼 죽고 말았습니다. 황금도 이제 바닥이 났습니다. 홀아비가 된 그는 남아 있는 금으로 사랑하는 여인에게 성대한 장례식을 치러 주었습니다. 종을 울리고, 마차에 검은 휘장을 늘어뜨리고, 말에다 깃털 장식을 달고, 벨벳 천에 눈물 모양의 은장식을 넣었지요. 하지만 그의 눈에는 그 무엇도 화려해 보이지 않았습니다. 이제 와서 그가 가진 금이 무슨 소용이 있단 말입니까? 그는 교회 사람들과 관을 운반한 사람들, 또 에델바이스 장수들에게 금을 주었습니다. 남은 금을 여기저기 나누어 준 것이죠.

장례식이 끝난 뒤, 그의 머릿속에는 더 이상 남은 것이 없었습니다. 두개골 막에 금 몇 조각이 붙어 있을 뿐이었지요.

그 후 사람들은 술 취한 사람처럼 얼빠진 표정으로 비틀거리면서 다니는 그를 보게 되었습니다.

어느 날 저녁, 그는 온갖 옷감과 장식이 불빛에 뒤죽박죽 뒤섞인 커다란 유리창 앞에 멈춰 섰습니다. 그러더니 한참 동안 백조 털로 수놓은 파란 새틴 반장화 한 켤레를 물끄러미 바라보았습니다.

"이런 반장화를 아주 마음에 들어 하는 사람을 난 알지. 이 예쁜 장화를 그녀에게 사 주고 싶어."

그는 혼잣말을 하면서 미소를 지었습니다. 그러고는 귀여운 여인이 죽었다는 사실도 잊어버리고, 그것을 사러 상점으로 들어갔습니다.

상점 구석에 있던 여주인은 커다란 비명을 듣고 달려 나갔습니다. 그녀는 계산대에 기대선 남자를 보고 두려움에 뒷걸음질을 쳤습니다. 그는 반쯤 정신이 나간 채 고통에 가득 찬 표정으로 주인을 바라보고 있었습니다. 그는 한 손에 백조 털로 수놓은 파란색 반장화를 들고, 온통 피에 젖은 채 손톱 끝에 금 부스러기가 붙어 있는 다른 손을 주인을 향해 내밀고 있었습니다.

부인, 이 이야기가 바로 황금 뇌를 가진 남자의 이야기랍니다.

믿을 수 없을 만큼 환상적인 이야기 같지만 이 이야기는 처음부터 끝까지 사실입니다. 이 세상 곳곳에는 자기의 머리로 살아가야 하는 운명을 가진 불쌍한 사람들이 있습니다. 그들은 생활하는 데 필요한 것들을 얻는 대가로 그들의 골수와 뇌에 들어 있는 물질을 지불하고 있지요. 그런 사람들에게는 하루하루가 엄청난 고통의 시간입니다. 그리고 그들이 그 고통에 지치게 되면…….

1 황금 뇌를 갖고 태어난 남자는 그 황금을 어디에 썼나요?

2 황금 뇌를 갖고 태어난 남자는 자신의 뇌 때문에 행복했다고 말할 수 있을까요?

3 황금 뇌를 갖고 태어났다는 것은 무슨 의미일까요?

4 소설의 시작과 마지막 부분을 다시 읽어 보세요. 화자는 왜 황금 뇌를 가진 사람의 이야기를 하고 있을까요?

처음 이 이야기를 읽고 나면 어리둥절할 것이다. '뭐야 이거?' 혹은 '이런 말도 안 되는 이야기를 왜 읽어야 하지?'라고 생각할 수도 있다.

소설의 줄거리를 이해하기 어려운 것은 아니다. 태어나면서부터 황금 두뇌를 가진 사람이 자신의 두뇌를 조금씩 떼어 부모에게 주고, 유흥비로 탕진하고, 친구에게 빼앗기고, 사랑하는 사람을 위해 써 버린 후 비참한 최후를 맞는 이야기다.

'황금'은 흔히 귀중하고 가치 있는 것을 비유적으로 표현할 때 사용한다. 그렇다면 황금 뇌는 매우 귀중하고 가치 있는 뇌, 즉 매우 가치 있는 지적 능력을 뜻한다고 볼 수 있다. 그렇게 생각을 더듬어 가다 보면 우리 인간은 누구나 황금 뇌를 갖고 있다고 생각할 수 있다. 기가 막힌 기억력을 가진 사람, 길을 잘 찾는 사람, 논리적으로 말하는 사람, 외국어를 유창하게 하는 사람, 악기를 잘 다루는 사람, 그림을 잘 그리는 사람 등 어떤 면에서든 황금 뇌를 갖고 있지 않은 사람은 한 사람도 없다. 하지만 이 소설에서 알 수 있듯이 재능이 있다는 것과 그것을 잘 발휘한다는 것은 좀 다른 문제인 듯싶다.

소설의 앞뒤 부분을 읽어 보면, 이 이야기는 작가인 화자가 어떤 부인에게 보낸 편지글의 형식임을 알 수 있다. 화자는 왜 하필 이런 이야기를 하고 있을까? 당시의 무명작가 '샤를르 바르바라'의 비참한 죽음을 들먹이며 슬픈 얘기를 할 수밖에 없다고 말하는 이유는 무엇일까?

글 한 줄을 완성하기 위해 지웠다 쓰기를 반복하면서 자신의 한계를 절실히 느껴 본 적이 있는 사람이라면 이해할 수 있을 것이다. 매일매일 생활에 필요한 것들을 마련하기 위해 자신의 '골수'와 '뇌'에 들어 있는 것을 지불하며 비참하게 살아가는 사람이라면, 무엇보다 가난한 시인이나 소설가가 떠오르지 않는가? 이 이야기를 읽다 보면 소설을 쓸 때마다 자신의 재능을 다 탕진해 버린 것은 아닐까 하며 괴로워했을 알퐁스 도데가 떠오른다.

저세상으로 на оня свят

옐린 뻴린 지음

김원회 옮김

옐린 뻴린 Елин Пелин (1877~1949) ···

불가리아의 소피아 근교 베이로보에서 태어나 소피아의 정취와 트라키아의 전통, 발칸
의 자연이 어우러진 아름다운 고향에서 대가족의 사랑을 받으며 어린 시절을 보냈다.
젊은 시절 사회주의 이상에 심취하며 《농촌 이야기》라는 잡지를 편집 발간하기도 하였
다. 1904년 〈이야기〉를 시작으로 기아와 재난에 고통받는 농촌 사람들의 삶을 다룬 소
설을 많이 썼다. 제2차 세계대전 후에 집권한 공산주의 정부는 그를 착취당하는 농민의
저항을 이야기하는 사회주의 리얼리즘 작가의 선구자로 받아들였다.

마테이코 할아버지가 돌아가셨다는 소식이 온 마을에 퍼졌을 때 아무도 그 소식을 믿지 않았다. 마테이코 할아버지는 언제나 농담을 즐겨 하는 유쾌한 사람이었기 때문에, 그런 일이 할아버지에게 일어날 거라고는 생각하지 않았다. 사람들은 이번 소문 역시 그의 농담 중 하나일 거라고 생각했다. 요바 할머니가 그의 마지막 순간에 대해 설명하고 나서야 사람들은 그 사실이 농담이 아니라는 것을 믿게 되었다. 할아버지는 숲에서 돌아와 당나귀를 막사에 매어 쉬게 하고 집으로 들어갔다. 할아버지가 불가에 앉아 파이프 담배를 막 피우기 시작했을 때 배 속에서 통증이 느껴졌고, 할아버지는 그 자리에 쓰러져 신음했다.

이웃 사람들이 모여들었고, 요바 할머니도 할아버지의 집에 찾아왔다. 할아버지는 불쌍하게도 홀로 있었고, 그가 아끼던 당나귀는 죽어 있었다. 그 회색빛 당나귀는 수녀처럼 착하고 순했다. 요바 할머니는 할아버지의 심장이 멈추는 것을 막아 보려 했지만, 결국 심장은 멈추고 말았다.

할아버지가 생사를 오갈 때 요바 할머니가 가슴에 성호를 그으라고 소리쳤지만, 할아버지는 꼼짝도 하지 못했다. 요바 할머니는 할아버지에게 라키야* 한 잔을 가져다주었다. 할아버지는 그걸 조금 마시더니 그제야 웃었다. 그리고 그의 눈이 빛나던 그 순간, 마지막 숨을 내뱉었다.

* 라키야 | 불가리아의 전통 술.

할아버지는 웃으면서 죽었다. 그의 영혼이 천국에 들어갔기 때문에 웃은 건지, 아니면 라키야를 맛보았기 때문에 웃은 건지는 어느 누구도 말할 수 없었다.

불쌍한 마테이코 할아버지는 사랑하는 당나귀를 타고 저세상을 향해 갔다. 그와 같은 처지의 여행자들이 많다 보니 할아버지는 네거리에서 가던 길을 멈춰 서야 했다.

"착한 당나귀야, 잠깐 서 보렴!"

그는 여행자들에게 인사를 건네며 별생각 없이 물었다.

"여보시오, 지옥으로 가려면 어디로 가야 하오?"

사람들은 어리둥절한 표정으로 그를 바라보았다.

"지옥으로 가려고 하는데…… 어느 길이 지옥 가는 길이오?"

마테이코 할아버지는 목청을 높여 다시 한 번 물었다. 그들이 할아버지에게 지옥으로 가는 길을 알려 주자, 할아버지는 그 길을 따라 계속 걸어갔다.

마테이코 할아버지는 생각했다.

"가난한 내가 천국에 갈 리가 없어. 거기에 도착한다고 해도 나는 다시 지옥에 보내질 거야. 천국은 위인들이나 부자들을 위해 만들어진 곳이니까. 이런 누더기를 걸치고 거친 손을 가진 나를 누가 저곳에 들여보내 주겠어. 팔십 평생 내 인생은 개처럼 힘들고 고통스러웠는데……. 그래, 이제 쉴 때가 된 건가? 사실 신의 생각처럼 착하게 살아 보려고 한 적도 있었지. 그런데 그걸 누가 내게 물어보겠어. 정말로 신은 앉아서 나 같은 사람을 지켜보며 평가를 할 뿐이야. 우리는 태어났을 때부터 이미 죄명부에 기록된 거야. 내가 바르게 살았다고 해도…… 아니 나는 늘 술을 마시고 잘못을 저질렀잖아. 아아…… 술을 마시곤 했어! 정말로 힘들어서, 고통 때문에 그런 거지만 어쨌든 술을 마셨잖아. 이러나저러나 운이 없는 거야, '마셔라! 마셔라, 끝까지 가는 거야!'라고 생각하곤 했지. 난 지옥에 딱 맞는 인간이야. 이제 저기…… 지옥으로 가는 거다."

마테이코 할아버지는 자기 생각대로 걸어갔다. 그런데 갑자기 누군가가 뒤에서 그의 웃옷을 움켜쥐며 물었다.

"할아버지, 멈추십시오. 어디로 가십니까?"

"저기 지옥으로."

할아버지가 대답했다.

"지옥? 할아버지는 길을 착각하셨군요!"

"예끼, 이보쇼! 난 잘못 오지 않았어. 나는 내가 어디로 가야 하는지 정도는 알아. 날 죄인 보듯 쳐다보지 말라고!"

"마테이코 할아버지는 천국에 가야 한다고 적혀 있는데……. 할아버지, 나는 천사입니다. 할아버지를 천국으로 데려가는 게 내 임무지요."

"이봐 천사 양반, 당신 가던 길이나 가게나. 늙은이 데리고 장난치지 말고, 부끄럽게시리……."

천사는 더는 말을 해도 소용없을 거라고 생각했는지, 노인을 끌어안고 천국을 향해 높이 날아올랐다. 천국에는 낯선 향기가 풍겼고, 수많은 사람이 날아다녔다. 환하게 빛나는 천사들은 손에 천국에만 있다는 나륵꽃을 들고, 한번 듣기만 해도 넋을 잃을 만큼 아름다운 노래를 부르고 있었다.

"하늘과 땅에 가득 찬 그 영광, 만군의 하느님이시여!"

마테이코 할아버지가 천사에게 소리쳤다.

"천사 양반, 나를 어디로 데려가는 거야? 저기 높으신 분들이 너를 혼낼 거라고. 나한테 라키야 냄새가 나는 거 몰라?"

마테이코 할아버지는 빠져나오려 애썼으나, 천사는 더 세게 그를 껴안고 넓은 창공을 가로지르며 천국 문을 향해 날아갔다. 금과 보석으로 만든 천국 문은 찬란한 태양처럼 환히 빛났다. 문 앞에는 베드로 성자가 은으로 된 열쇠를 들고, 커다란 장부를 낀 채 그들을 기다리고 있었다. 그가 마테이코 할아버지 앞에 장부를 펴며 물었다.

"어느 마을에서 왔나요?"

마테이코 할아버지는 피해 갈 곳이 없었다. 그는 입술을 움찔거리며 대답했다.

"에…… 포두에네*에서 왔소만……."

"포두…… 어디?"

"포두에네!"

마테이코 할아버지는 베드로 성자가 못 들은 줄 알고 크게 소리쳤다.

"포…… 포…… 포……."

베드로 성자는 장부를 한 장 한 장 넘기며 그의 마을을 찾았다.

"포두에네, 여기 있군. 좋소."

"그럴 리가! 베드로 성자 당신이 실수한 걸 거요."

"무슨 실수? 이건 바니차*가 아니라, 하느님께서 직접 명단을 작성하고 손수 꿰매어 만들어 주신 장부라고!"

베드로 성자는 그에게 버럭 화를 냈다.

"좋아요. 하지만 후회하지 마시오."

마테이코 할아버지가 대답했다.

"왜?"

"여보시오, 베드로 성자, 나는 평생 술독에 빠져 살았소. 또 나조차도 내가 무슨 선행을 했다는 말은 믿을 수 없단 말이오!"

"당신은 술을 엄청 마셨지만, 고생도 엄청 많이 했소. 그래서 당신은 면죄되었소."

베드로 성자는 대답하면서 천국 문을 열었다.

"베드로 성자님, 내 당나귀도 데리고 왔소만……."

마테이코 할아버지는 당나귀도 함께 들여보내 주기를 부탁하였으나, 성자는 아랑곳하지 않고 할아버지를 천국으로 밀어 넣었다. 마테이코 할아버지는 천국의 아름다운 풍경에 넋이 나가 말을 끝맺지 못했다.

• 포두에네 | 불가리아 소피아 남부의 지명 이름.
• 바니차 | 한국의 부침개와 비슷한 불가리아 전통 음식.

마테이코 할아버지는 오래전 험한 세상에 자기를 남겨 놓고 떠나 버린 부인이 생각났다.

"술주정뱅이였던 나도 이곳에 들어왔으니, 그녀는 당연히 여기에 있을 거야. 할망구는 보릿자루보다 더 얌전했고, 내 모든 잘못을 용서해 주곤 했는데……. 어휴……. 그녀 없이 내가 그동안 얼마나 힘들게 살았는지……."

할아버지는 어린 천사에게 다가가 물었다.

"어린 천사야, 여기에 혹시 트레나 마테이차라는 할머니가 있니?"

"어느 마을에서 온 할머니인데요?"

어린 천사가 물었다.

"포두에네에서 왔지."

"아, 있어요."

어린 천사가 대답하자 할아버지는 온 천국이 울리도록 외쳤다.

"이렇게 굉장할 수가, 이렇게 놀라울 수가!"

할아버지는 정직한 사람들만이 볼 수 있다는 이 아름다운 천국을 처음 보았을 때만큼이나 놀라워했다.

"그러면 여기 니콜라이 신부님도 계시니?"

할아버지는 어린 천사에게 또다시 물었다.

"누구라고요?"

"니콜라이 신부님 말이다. 작은 교회에 계시면서 우리에게 이자를 받고 돈을 빌려 주시곤 했던……. 그분을 만나기가 부끄럽구나. 나는 그분에게 갚아야 할 돈이 있었는데, 그분이 죽자 내 빚도 함께 죽었지."

"할아버지, 니콜라이 신부는 지옥에 있어요."

"뭐라고? 말도 안 돼!"

"사실이에요!"

"하지만…… 오, 신이시여. 신부님은 성인이시잖아?"

"그렇지만…… 여기서는 신분 때문에 누군가를 존경하지 않아요. 게다가 니콜라이 신부는 잘못을 했어요. 그래서 지옥에 간 거예요."

"그만! 더 이상 말하지 마!"

"그리고 할아버지, 그는 무척 교만한 사람이었어요. 유명한 사람들을 좋아했거든요. 가난하고 불쌍한 사람들은 돌보지 않았어요. 구호품을 줄 때, 가난한 사람들한테 혐오감을 느꼈고, 시간이 빨리 가길 바랐지요. 비싼 옷을 입고 날마다 좋은 음식을 먹으면서도, 불쌍한 사람들의 이야기를 듣는 것은 싫어했어요. 이게 죄가 아닌가요?"

마테이코 할아버지는 자신의 이마를 손으로 감싸면서 말했다.

"나는 내가 죄인인지 아닌지 알아. 우리는 죄인이야. 그걸 이해하지 못한다고. 그래 집어치우자고. 그런데 혹시 라키야 한잔 마실 수 있도록 날 주막으로 데려다 줄 수 있니? 목이 말라 까맣게 타는 것 같구나."

"에…… 할아버지, 여기에는 주막이 없어요!"

어린 천사가 대답했다.

"없다고?"

"네, 없어요. 없어!"

"이 아름다운 곳에 주막이 없다는 게 말이 되니? 그러면 이곳에 도착한 사람들이 라키야를 마시고 힘을 내리면 대체 어디로 가야 하는 거지? 날 봐! 이제 막 지상에서 와 무척 피곤하단 말이야. 지상에서 신부님이 말하곤 했어. 천국에는 우리가 마음속으로 원하는 모든 것이 있다고 말이야. 참, 난 원래 지옥에 가려고 했는데, 거기에는 주막이 있니?"

"그곳에는 있어요."

"그럼 나를 거기로 데려가 주렴, 부탁한다. 나는 라키야 없이는 견딜 수 없는 촌놈이라서 말이다. 지옥은 정말로 나쁠 테지, 그렇지만 익숙해질 거야. 고통을 견딜 거야. 술을 마실 때만큼은 기분이 괜찮을 테니까 말이야."

"그렇게는 못해요. 할아버지!"

"어허!"

할아버지가 한숨을 내쉬었다.

"이곳이 감옥이랑 다른 게 뭐냐! 내가 가고 싶은 곳을 못 가다니!"

"할아버지, 곧 익숙해질 거예요!"

어린 천사가 그를 위로하며 말했다.

"어허, 내가 배워야 할 것이 아직도 있다니!"

마테이코 할아버지는 다시 한숨을 내쉬었다. 그러다가 어린 천사에게 집요하게 물었다.

"음…… 천사야…… 그렇다면 여기에 주막을 차려 보는 건 어떨까? 신을 만나 이 생각이 얼마나 좋은지 말 좀 해 볼게. 무엇보다도 여긴 세금 징수원이 와서 쉴 곳이 없잖니? 다른 즐길 만한 것도 다 치워 버렸으니……."

"여기는 세금 징수원이 없어요, 할아버지."

"뭐라고? 없다고?"

"없다니까요!"

"오, 성스런 성모마리아시여, 이곳에서는 정말로 휴식을 취할 수 있겠군요!"

마테이코 할아버지는 기쁨에 넘쳐 함성을 질렀다. 그리고 이곳은 감옥이나 마찬가지라고 했던 말을 번복했다.

"그게 제일 맘에 드는구나!"

할아버지는 조금이라도 빨리 할머니를 찾기 위해 길을 떠났다.

1 왜 할아버지는 자기가 지옥에 간다고 생각했을까요?

2 할아버지의 예측과 다르게 천국이나 지옥에 보내진 사람은 누구
인가요? 그리고 그렇게 된 이유는 무엇인가요?

3 이 소설은 무엇을 풍자하고 있나요?

:: 생각 넓히기

이 소설은 평범하고 가난하게 살았던 한 노인이 죽어 천국에 가게 되면서 겪는 이야기다. 주인공인 마테이코 할아버지는 본인이 지옥에 가야 한다고 주장하지만, 천사는 그를 기어이 천국으로 데리고 간다.

그저 피식 웃음이 나오는 가벼운 동화 같은 이야기일 수도 있지만, 한편에는 비판의식이 깔려 있다. 당연히 천국에 있을 거라고 생각한 신부가 지옥에 가 있다는 설정을 보면 작가가 누구를 비꼬고 있는지 분명해진다. 천사는 신부가 고귀한 척하면서 가난한 사람들을 멀리했기 때문에 지옥에 갔다고 말해 준다. 작가는 신부를 직접적으로 단죄하지 않고, 슬며시 돌려서 우스꽝스럽게 만듦으로서 조롱과 비판을 받도록 한다. 이런 방법을 풍자라고 한다. 풍자의 대상은 또 있다. 바로 세금 징수원이다. 할아버지는 천국이 너무 재미없어 떠나려고 하지만, 천국에는 세금 징수원이 없다고 하니까 환호를 하며 그냥 천국에 남겠다고 한다.

이 글은 천국에 들어가는 조건에 대해 근엄하게 가르치고 있지 않다. 또 천국에 크게 가치를 두고 있지도 않다. 마테이코 할아버지에게 천국은 애써서 들어갈 만한 곳이 아니며 굳이 남아 있기도 지루한 곳일 뿐이다.

작가는 다만 '이 세상을 정말 살 만하게 해 주는 사람들은 누굴까?' 하고 질문을 던지는 듯하다. 특별하고 고귀한 사람들이 아니라, 할아버지나 할머니처럼 소박한 사람들이야말로 세상을 천국으로 만드는 사람들이 아닐까 싶다. 굳이 자기를 내세우지 않으면서도 그저 사람 냄새를 풍기며 사는 사람들, 이런 사람들이 있다면 천국은 이미 이 땅에 있는 것이 아닐까?

월급 45루피 ^{Forty-Five a Month}

라시푸람 크리슈나스와미 나라얀 지음

이영석 옮김

라시푸람 크리슈나스와미 나라얀 R. K. Narayan (1906~2001) ·······················

인도의 북동부 마드라스(현재의 체나미)에서 태어났다. 인도의 신화와 전설에 각별한 관심을 가졌으며, 주로 비극과 희극이 혼합된 작품을 썼다. 영국 소설가 그레이엄 그린의 주선으로 1935년에 발표한 첫 작품 〈스와미와 친구들〉을 비롯해 대부분의 작품에서 인도인의 독특한 기질을 잘 보여 주고 있다. 50년 이상 작품 활동을 하면서 열네 편의 장편소설과 다섯 권 분량의 단편소설, 많은 여행기와 논픽션 작품을 남겼다. 인정과 활력, 그리고 익살이 넘치는 그의 소설은 곧잘 미국의 소설가 윌리엄 포크너의 작품과 비교되곤 한다.

샨타는 더는 교실에 앉아 있을 수가 없었다. 진흙 빚기, 음악, 체육, 그리고 알파벳과 숫자 공부를 했고, 지금은 염색한 종이를 오려 내는 중이었다. 종이 울리고, 선생님이 "자, 이제 집으로 가도 좋아."라거나 "가위를 치우고 오려 낸 글자들을 집어 들어."라고 말할 때까지는 계속 가위질을 해야 할 것이다. 샨타는 지금이 몇 시인지 알고 싶어 안달이 났다.

"지금 다섯 시야?"

샨타는 옆에 앉아 있는 친구에게 물었다.

"아마."

친구가 대답했다.

"아니면 여섯 시?"

"그렇지는 않을 거야. 여섯 시면 밤이 되거든."

친구가 다시 대답했다.

"그러면 다섯 시라고 생각해?"

"응."

"아, 가야 되겠네. 아빠가 지금 집에 와 계실 거야. 다섯 시까지 준비하고 있으라고 하셨단 말이야. 오늘 저녁에 아빠랑 함께 영화 보러 가기로 했거든."

그때 선생님이 말했다.

"왜 그러니, 샨타 바이?"

"지금 다섯 시가 되었으니까요."

"누가 네게 지금이 다섯 시라고 그래?"

"카말라가요."

"아직 다섯 시가 안 되었어. 저기 시계 보이지? 몇 시인지 말해 봐. 지난번에 시계 보는 법을 가르쳐 줬잖아."

샨타는 일어서서 교실의 시계를 쳐다보고 어렵사리 숫자를 세어 본 뒤 큰 소리로 말했다.

"아홉 시입니다."

선생님은 다른 아이들을 향해 말했다.

"누가 저 시계를 보고 지금 몇 시인지 말해 보겠니?"

몇몇 아이들은 샨타의 말에 동의하면서 아홉 시라고 말했다. 그러자 선생님이 말했다.

"너희들은 긴 바늘만 보고 있구나. 짧은 바늘도 보아야지. 짧은 바늘이 어디에 있지?"

"2와 2분의 1을 지났어요."

"그러면 몇 시일까?"

"2와 2분의 1시요."

"지금은 두 시 사십오 분이야. 알았지? 자 이제 모두 자리로 돌아가."

10분쯤 지나자 샨타는 다시 선생님에게 가서 물었다.

"다섯 시죠? 선생님. 저는 다섯 시 전에 집으로 가야 해요. 그렇지 않으면 아빠가 몹시 화를 낼 거예요. 아빠가 일찍 집으로 오라고 했거든요."

"몇 시에 오라고 했다고?"

"지금이요."

선생님은 집으로 가도 좋다고 허락했고, 샨타는 기뻐하며 교실을 나섰다. 그리고 집으로 달려와 마루에 책가방을 팽개치며 소리쳤다.

"엄마, 엄마."

옆집에서 친구들과 수다를 떨고 있던 엄마가 달려와 물었다.

"왜 이렇게 일찍 왔니?"

"아빠 아직 안 오셨어?"

샨타는 음료수와 간식도 먹지 않고, 외출복부터 입혀 달라고 고집을 부렸다. 그러고는 옷장을 열더니 얇은 드레스와 반바지를 입겠다고 했다. 엄마는 저녁이니까 긴 치마와 두꺼운 외투를 입히고 싶어 했다. 샨타는 판지로 만들어진 비누 상자에서 알록달록한 리본을 하나 꺼냈다. 샨타는 평소에 연필, 리본, 분필 조각 등을 비누 상자에 넣어 두었다. 어떤 옷을 입을지 모녀가 열띠게 언쟁을 벌인 끝에, 결국 엄마가 지고 말았다. 샨타는 가장 좋아하는 분홍빛 드레스를 입고 머리를 땋은 후에 녹색 리본으로 묶었다. 얼굴에 곱게 화장을 한 뒤, 이마에 주홍색 표식을 찍었다.

"이제 준비를 다 했으니 아빠가 착한 아이라고 칭찬하시겠지. 엄마도 같이 갈 거야?"

"오늘은 안 갈 거야."

샨타는 쪽문 옆에 서서 큰길 쪽을 내려다보았다.

"아빠는 다섯 시가 지나야 오시니까, 햇볕에 그렇게 서 있지 마. 아직 네 시밖에 안 됐어."

엄마가 말했다.

맞은편 거리에 있는 집 뒤로 해가 넘어가고 있었다. 샨타는 곧 날이 어두워지리라는 것을 알고 있었다. 그래서 엄마에게 달려가 물어보았다.

"왜 아직도 아빠가 안 오시는 거야, 엄마?"

"내가 어떻게 알겠니? 아마 회사에서 늦어지는 모양이지."

샨타는 얼굴을 찌푸렸다.

"나는 회사 사람들이 싫어. 나쁜 사람들이야!"

샨타는 다시 쪽문 옆에 서서 밖을 내다보며 서 있었다. 엄마가 안에서 소리쳤다.

"들어와, 샨타. 어두워지는데, 거기 서 있지 마."

하지만 샨타는 안으로 들어가지 않고, 계속 문 옆에 서 있었다. 그때 샨타의 머릿속에 엉뚱한 생각이 들었다. '회사로 가서 아빠를 불러내 극장으로 가면 안 될까?' 샨타는 아빠의 회사가 어디에 있는지 몰랐다. 하지만 아빠가 날마다 길 끝 모퉁이를 돌아간다는 것은 알았다. 거기만 돌면 바로 아빠의 회사가 나올 것 같았다. 샨타는 엄마가 어디에 있는지 살펴본 다음 밖으로 나갔다.

땅거미가 지고 있었다. 사람들은 거인처럼 보였고, 건물의 벽은 아주 높았으며 자전거와 마차들은 금방이라도 샨타의 머리 위에 짐을 쏟아 버릴 것만 같았다. 샨타는 길의 가장자리를 따라 걸어갔다. 곧 거리에 조명등이 켜졌다. 지나가는 사람들이 그림자처럼 보이기 시작했다. 샨타는 거리를 두어 번 돌고 나서 길을 잃고 말았다. 겁에 질린 샨타는 손톱을 깨물며 길가에 주저앉았다. 집에 어떻게 가야 할지 걱정이 되었다. 그때 마침 옆집 하인이 샨타 앞을 지나갔다. 샨타는 얼른 일어나 그 하인에게로 달려갔다.

"아니, 여기서 혼자 뭐 하고 있는 거야?"

하인이 물었다.

"모르겠어요. 집으로 좀 데려다 줄래요?"

샨타는 그를 따라 집으로 돌아왔다.

그날 아침, 샨타의 아버지 벤카트 라오는 회사로 출근할 준비를 하고 있었다. 그때 마차 한 대가 영화 광고지를 나눠 주면서 거리를 지나갔다. 샨타가 거리로 뛰어가서 광고지를 하나 들고 오더니, 그것을 내보이며 물었다.

"아빠, 오늘 함께 영화 보러 갈래요?"

그는 그 말에 마음이 편하지 않았다. 딸이 살면서 느끼는 소박한 즐거움도 누리지 못한 채 자라고 있다는 생각이 들었기 때문이었다. 지금까지 샨타와 함께 영화를 본 건 겨우 두 번뿐이었다. 아이와 놀 시간이 없었던 것이다. 같은 또래의 다른 집 아이들은 인형이며 옷을 원하는 대로 가졌고, 가끔 소풍을 가기도 했다. 자신의 딸만 아무것도 못하고 살아가는 것 같았다. 그는 회사 때문에 몹시 화가 났다. 회사는 월급 40루피*로 자신을 몽땅 산 것처럼 굴었다.

그는 아내와 딸에게 소홀했던 것을 떠올리니 마음이 아팠다. 아내는 어른이고 친구들과 어울리기라도 하니까 그렇다 치더라도, 딸에게는 너무한 일이 아닌가 싶었다. 얼마나 단조롭고 칙칙하게 살아가고 있는지! 그는 매일같이 일곱 시나 여덟 시까지 회사에서 일을 해야 했고, 집에 오면 딸아이는 잠들어 있었다. 일요일에도 회사에 출근해야 했다. 회사는 왜 그에게 개인적인 생활을 주지 않는 것일까? 회사는 그가 딸을 공원이나 극장에 데리고 갈 시간을 주지 않았다. 그는 회사가 자신을 마음대로 부릴 수 없다는 것을 보여 주고 싶었다. 그는 필요하면 상사와도 싸우리라고 다짐했다.

"오늘 저녁에 영화 보러 가자. 다섯 시쯤 올 테니 준비하고 있거라."

그는 딸에게 단호하게 말했다.

"정말로? 엄마!"

샨타가 소리쳤다. 엄마가 부엌에서 나왔다.

"아빠가 오늘 저녁에 영화를 보여 주신대."

샨타의 엄마는 믿기지 않는다는 표정을 지어 보였다.

"아이한테 지키지도 못할 약속은 하지 마세요."

벤카트 라오는 아내를 노려보았다.

"그런 소리 마. 당신은 당신만 약속을 지킨다고 생각하지."

그는 샨타에게 말했다.

"다섯 시까지 준비하고 있으면, 아빠가 와서 꼭 데리고 갈게. 준비 안 되어 있으면 아빠가 많이 화낼 거야."

그는 굳게 결심하고 회사로 갔다. 정상 근무를 하고 퇴근할 생각이었다. 회사에서 또 방해를 하면 이렇게 말할 생각이었다.

'사표 여기 있습니다. 여기 당신네들의 끔찍한 서류보다는 내 딸아이의 행복이 훨씬 중요하지요.'

하루 종일 서류가 그의 책상으로 밀려오고 떠나갔다. 꼼꼼히 검토하고 결재를 올렸지만 잘못을 지적받기도 하고, 모욕을 당하기도 했다. 오후에 겨우 5분 동안 커피를 마실 수 있었다.

회사 시계가 다섯 시를 알리고 다른 직원들이 퇴근하자 그도 자리에서 일어났다.

"가도 됩니까? 과장님."

서류를 보던 과장이 고개를 들었다.

"당신이!"

경리과가 다섯 시에 마감하는 것은 생각할 수 없는 일이었다.

"당신이 어떻게 지금 퇴근할 수 있어?"

"좀 급한 개인적인 일이 있습니다. 과장님."

아침부터 연습했던 "사표 여기 있습니다."라는 대사는 숨긴 채 말했다. 그는 샨타가 문 앞에 기다리는 것을 상상하며 옷을 입었

• 루피 | 인도의 화폐 단위.

다. 가슴이 두근거렸다.

"회사 일보다 더 급한 것은 없지. 자리로 돌아가. 내가 몇 시간이나 일하는지 알아?"

과장은 세 시간이나 일찍 출근하고 세 시간이나 늦게 퇴근했다. 그는 일요일에도 일했다. 그래서 직원들 사이에서 이러쿵저러쿵 말이 많았다.

"과장이 집에 가면 부인이 매질을 해 대는 게 분명해. 그러니까 저 올빼미 같은 사람이 회사를 좋아하는 것처럼 굴지."

"자네 18루피 차액의 이유를 찾았나?"

과장이 물었다.

"영수증 200장을 살펴봐야 할 겁니다. 그 일은 내일 하는 게 좋을 것 같습니다."

"아니, 아니, 그러면 안 돼. 당장 바로잡도록 해."

벤카트 라오는 우물우물 대답했다.

"그러지요, 과장님."

그러고는 살금살금 자리로 돌아왔다. 시계는 다섯 시 삼십 분을 가리키고 있었다. 이제 두 시간 동안 지루한 영수증 검사를 해야 한다. 동료들은 모두 갔고, 그와 같은 과 직원 한 사람만 남아 있었다. 물론 과장도 함께 있었다. 벤카트 라오는 몹시 화가 났다. 그는 마음을 다잡았다.

'나는 40루피에 자신을 깡그리 팔아 버린 노예가 아니다. 그정도 돈쯤은 쉽게 벌 수 있을 거야. 그럴 수 없다면 차라리 굶어

죽는 편이 명예롭겠지.'

그는 종이를 한 장 꺼내 다음과 같이 썼다.

사직하고자 합니다. 당신들이 40루피로 나의 육신과 영혼을 샀다고 생각한다면 그건 오산입니다. 나는 당신네들이 몇 년 동안 나에게 책정해 놓은 그 보잘것없는 40루피를 받는 노예가 되기보다는, 차라리 굶어 죽는 것이 나와 내 가족을 위해 훨씬 나을 거라고 생각합니다. 당신네들은 내 월급을 올려 줄 생각은 눈곱만큼도 하지 않는 것 같습니다. 당신네들끼리는 몫을 잘 나눠 가지면서 왜 우리는 조금도 생각해 주지 않는지 알 수가 없습니다. 아무튼 이제는 관심 없습니다. 이것은 나의 사직서입니다. 나와 내 가족이 굶어 죽게 되면, 우리의 혼령이 당신들을 평생 괴롭힐지도 모르겠습니다.

그는 서류를 접어 봉투에 넣었다. 그리고 자리에서 일어나 과장 앞에 섰다. 과장은 기계적으로 벤카트 라오가 내민 봉투를 받아 책상 위에 놓았다.

"벤카트 라오, 나는 자네가 이 소식을 듣고 기뻐할 거라고 확신하네. 회사에서 오늘 임금 인상 이야기가 나왔는데, 내가 자네 월급을 5루피 인상하자고 했네. 아직 최종 결정이 된 것은 아니니 혼자만 알고 있게."

벤카트 라오는 재빨리 손을 뻗어 봉투를 낚아챈 다음 주머니에 넣었다.

"그 봉투는 뭐야?"

"짧은 임시 휴가를 신청했습니다. 하지만 지금 생각해 보니……."

"자네는 최소한 앞으로 2주 동안은 휴가를 갈 수가 없네."

"예, 과장님. 그렇게 알고 있습니다. 그래서 지금 취소하려는 겁니다."

"좋아. 그 실수는 찾아냈나?"

"지금 영수증을 조사하고 있으니 앞으로 한 시간 안에 찾아낼 겁니다……."

그는 아홉 시가 되어서야 집으로 돌아왔다. 샨타는 벌써 잠이 들어 있었다. 샨타의 엄마가 말했다.

"당신이 와서 영화관에 데리고 갈 거라며 옷도 갈아입지 않고, 밥도 먹지 않고, 옷이 구겨진다고 눕지도 않으려 하고……."

그는 딸아이가 분홍빛 드레스를 입고 잠들어 있는 모습을 보자 마음이 아팠다. 아이는 머리를 곱게 빗고, 얼굴에 화장을 하고, 드레스도 차려입어 외출 준비를 마친 모습이었다.

"내가 왜 이 아이를 영화관에 데려가지 못했을까?"

그는 딸아이를 부드럽게 어루만지며 아이의 이름을 불렀다.

"샨타, 샨타."

샨타는 다리를 차고 칭얼대면서 깨우지 말라고 짜증을 냈다. 샨타의 엄마가 나직이 말했다.

"깨우지 말아요."

그녀는 아이가 다시 잠들도록 아이의 등을 토닥였다. 벤카트라오는 잠시 아이를 내려다보았다.

"내가 이 아이를 데리고 외출해 보는 게 가능할지 모르겠어. 오늘 회사에서 월급을 올려 주겠다는 거야……."

그는 흐느끼며 말했다.

1 벤카트 라오의 마음은 시간이 흐름에 따라 어떻게 바뀌었나요?

2 샨타는 나중에 커서 이날을 어떻게 기억할까요?

3 어렸을 때 아버지와 꼭 함께 해 보고 싶었던 일은 무엇인가요?

4 그동안 아버지에게 서운했던 일이 있었나요? 있었다면 아버지는 그 일을 어떻게 기억하고 있을까요? (부모님의 입장에서 다시 생각해 보세요.)

힌두교, 향이 피어오르는 사원, 신성해 보이는 갠지스 강, 그리고 아름다운 타지마할 궁전. 우리에게 낯선 땅 인도는 신비로 가득 차 있다. 그곳에는 하루하루 반복되는 일상도, 자질구레한 고민도 없을 것 같다. 그러나 신비의 땅 인도에도 생활 속에서 고민하는 수많은 소시민들이 살고 있나 보다.

소설 속의 아버지인 벤카트 라오는 월급 40루피를 받으며 회사에 붙들려 사는 소시민이다. 매일 늦게까지 일을 하느라 아내와 딸에게 소홀하고, 특히 딸아이를 살뜰하게 보살피지 못해 마음 아파한다.

벤카트 라오는 어느 날 딸 샨타의 바람대로 퇴근 후에 영화를 보러 가기로 한다. 처음에는 상사가 뭐라고 하면 사직서를 낼 마음이었다. 그러나 상사가 월급 5루피를 더 올려 줄 수도 있다고 말하자, 책상에 올려놓았던 사직서를 재빨리 도로 집어넣는다.

일을 마치고 밤늦게 집으로 돌아온 벤카트 라오는 외출 차림으로 잠이 든 딸아이를 보고 흐느낀다. 그날 밤, 그는 먹고살기 위해 다정한 아버지가 되는 것을 포기했다. 그는 딸과 여유를 즐길 짬도 없는 바쁜 생활과 월급 5루피를 올려 줄지도 모른다는 상사의 말에 늦게까지 일할 수밖에 없었던 자신의 모습을 보며 아이 앞에서 한없이 든든하고 당당해야 할 아버지가 사실은 약하디약한 인간이라는 것 때문에 괴로웠을 것이다.

지금도 어디에선가 아버지를 기다리는 아들과 딸에게 달려가고 싶지만, 현실에 몸이 매여 발만 동동거리는 아버지들이 속으로 흐느끼고 있을지도 모를 일이다.

강우 降雨·The Rain Came

그레이스 A. 오고트 지음

송무 옮김

그레이스 A. 오고트 Grace A. Ogot (1930~2015) ························

케냐의 니안자에서 태어나 우간다와 영국에서 간호사 훈련을 받은 뒤 여러 해 동안 병원에서 간호사로 일하였다. 한동안 런던에서 살며 BBC방송국의 동아프리카국에서 기사를 쓰기도 하였다. 1960년대부터 영어와 루오어로 단편소설을 발표하기 시작하고, 1966년에는 첫 장편소설《약속의 땅》을 발표하여 주목을 받았다. 작가적 능력을 인정받아 유엔총회의 케냐 대표로 선발되기도 하고 국회의원으로 임명되기도 하였다. 주요 작품집으로 장편소설《졸업》, 소설집《천둥 없는 나라》등이 있다. 루오 민족의 전통적인 삶을 작품의 소재로 많이 다루었고, 유럽문화의 도입으로 근대화되어 가는 조국의 문화적 갈등을 다루기도 하였다.

족장 라봉고가 동구 밖 멀리 떨어진 곳에서 걸어오고 있었지만, 그의 딸 오간다는 금세 아버지를 알아보았다. 오간다는 아버지를 맞으러 뛰어나가 가쁜 숨을 몰아쉬며 물었다.

"족장님, 어떻게 됐죠? 마을 사람들이 모두 비 소식을 기다리고 있어요. 비가 언제 내리죠?"

족장은 딸의 두 손을 부여잡을 뿐 아무 말도 하지 않았다. 오간다는 아버지의 쌀쌀맞은 태도를 이상하게 여기며, 부족 사람들에게 족장이 돌아온 것을 알리려고 마을로 달려갔다.

마을 분위기는 긴장되어 있었고 혼란스러웠다. 다들 뚜렷한 목적도 없이 어슬렁거렸고, 별 하는 일 없이 마당에서 소란을 벌이기도 했다. 한 남편을 둔 젊은 여자 둘이 소곤거렸다.

"오늘 비 문제를 해결하지 못하면 족장은 끝장이에요."

그들은 족장이 사람들에게 시달려 점점 수척해져 간다는 것을 알았다.

사람들이 족장에게 말했다.

"들판에서 가축들이 죽어 가고 있어요."

"이제 곧 아이들이 쓰러질 겁니다. 그다음은 우리 차례고요. 목숨을 부지하려면 어떻게 해야 하죠? 말씀해 주세요, 족장님."

족장은 조상님들을 통해 신에게 빌었다. 이 엄청난 고난에서 그들을 구해 달라고.

라봉고는 가족을 불러 모아 곧바로 소식을 전하는 대신 자기 오두막으로 갔다. 그것은 혼자 있고 싶다는 뜻이었다. 그는 덧문을 닫고 빛이 희미하게 비쳐 드는 오두막에 앉아 곰곰이 생각에 잠겼다.

지금 라봉고의 가슴을 무겁게 짓누르고 있는 것은 굶주린 부족을 족장이 책임져야 하는 문제가 아니었다. 외동딸의 목숨이 위태로웠던 것이다. 오간다가 마중을 나왔을 때, 그는 딸의 허리에서 반짝이는 황동 고리 줄을 보았다. 예언은 들어맞았다.

"내 외동딸 오간다가 어린 나이로 죽어야 한다니, 이게 웬 운명의 장난이란 말이냐, 오간다야, 오간다야."

라봉고는 혼잣말을 다 맺지 못하고 울음을 터뜨렸다. 족장은 울어서는 안 된다. 부족 사회가 그를 가장 용감한 사람으로 선언하지 않았던가. 하지만 라봉고는 이제 그런 것 따위에는 신경 쓰지 않았다. 그는 평범한 아버지의 마음이 되어 쓰라리게 울었다. 그는 루오족*을 사랑했다. 하지만 오간다가 없다면 루오족이 다 무슨 의미가 있겠는가 하는 생각이 들었다. 오간다의 탄생은 라봉고의 삶에 새 생명을 불어넣어 주었고, 그는 어느 때보다 더 부족을 잘 다스렸다. 어여쁜 딸이 죽고 나면 마을의 정령*은 어떻게 살아남을 수 있단 말인가.

"딸을 가진 집이나 부모가 많지 않습니까? 왜 하필 제 딸이란 말입니까? 제게는 그 딸이 전부입니다."

라봉고는 조상님들이 오두막 안에 있는 것처럼, 그들을 지금 마주 보고 있는 것처럼 울부짖으며 말했다. 어쩌면 조상님들이 정말 오두막에 와 있는지도 몰랐다. 그가 족장이 되던 날, 원로

들 앞에서 큰 소리로 약속했던 것을 일깨우기 위해서 말이다.

"필요하다면 제 목숨을 바치겠습니다. 적의 손에서 부족을 구하기 위해서라면 제 가족의 목숨도 바치겠습니다."

그는 그렇게 서약했던 것이다.

"서약을 어겨라, 어서."

조상님들의 비웃는 소리가 들리는 것만 같았다.

족장이 되었을 때, 라봉고는 젊은 청년이었다. 아버지와 달리 그는 여러 해 동안 한 명의 아내와 살면서 부족을 다스렸다. 하지만 하나뿐인 아내가 딸을 낳지 못하자, 사람들이 뒤에서 수군거리기 시작했다. 결국 두 번째, 세 번째, 네 번째 아내와 결혼할 수밖에 없었다. 하지만 아내들은 모두 아들을 낳았다. 다섯 번째 아내와 결혼했을 때에야 겨우 딸을 얻을 수 있었다. 사람들은 그 딸아이를 '오간다'라고 불렀는데, 오간다는 '콩'이라는 뜻이었다. 그렇게 부른 까닭은 아이의 살결이 아주 매끄러웠기 때문이었다. 라봉고가 낳은 스무 명의 아이들 가운데 딸은 오간다뿐이었다. 오간다는 족장의 특별한 사랑을 받으며 자랐다. 라봉고의 다른 아내들은 질투심을 억누르고 그녀에게 사랑을 쏟았다. 오간다는 딸이라 집을 떠날 날이 멀지 않았기 때문이었다. 어린 나이지만 곧 결혼을 하게 되면 부러움을 받는 그녀의 자리는 어차피

• 루오족 | 케냐의 한 부족.
• 정령 | 여러 가지 사물에 깃들어 있는 혼령. 원시 종교의 숭배 대상 가운데 하나.

다른 자식에게 넘어갈 수밖에 없었다.

라봉고는 그처럼 힘겨운 결정을 내려야 하는 상황에 부딪혀 본 적이 없었다. 강우사*의 요구를 거절하면 그것은 개인의 이익을 위해 부족 전체를 희생하겠다는 것과 마찬가지였다. 그뿐만이 아니었다. 그것은 조상님들을 거역하고, 루오족을 땅 위에서 모조리 사라지게 하겠다는 뜻이기도 했다. 하지만 반대로 부족을 위해 오간다를 죽게 하면 라봉고의 영혼은 영원히 치유하지 못할 커다란 상처를 입게 될 것이다. 그는 그렇게 될 경우에 다시는 자신이 이전의 족장과 같은 사람이 되지 못하리라는 것을 알고 있었다.

주술사인 느디티의 말이 아직도 귓전에 맴돌았다.

"루오족의 포드호 조상님이 어젯밤 꿈에 나타나, 저더러 족장님과 부족민에게 말을 전하라 일렀습니다."

느디티는 부족민들이 모인 자리에서 말했다.

"비가 내리려면 아직 남자를 모르는 젊은 여자가 죽어야 합니다. 포드호 조상님이 제게 말하고 있을 때, 저는 한 여자가 두 손을 머리 위로 올리고 호숫가에 서 있는 것을 보았습니다. 여자의 살결은 젊은 사슴의 살처럼 보드라웠습니다. 여자는 크고 호리호리한 몸매로 강둑의 외로운 갈대처럼 서 있었습니다. 졸음이 가득한 여자의 눈에는 사랑하는 자식을 잃은 어머니의 슬픈 표정이 어려 있었습니다. 왼쪽 귀에 금 귀걸이를 하고 허리에 반짝이는 황동 고리 줄을 둘렀습니다. 제가 이 젊은 여자의 아름다움에 넋을 잃고 있을 때, 포드호 조상님이 다시 말했습니다. '우리는 이 땅의 여자들 가운데 이 여자를 골랐다. 이 여자에게 일러 스스로 호수 괴물의 제물이 되도록 하라! 그러면 바로 그날로 많은 비가 내릴 것이다. 그날은 홍수에 떠내려가지 않도록 아무도 집을 떠나지 말아야 한다.'라고요."

바깥에서는 이상한 적막이 흘렀다. 말라 죽어 가는 나무들 위에서 목마른 새들이 느른하게 울고 있을 뿐이었다. 눈부신 한낮의 뜨거운 열기 때문에 사람들은 죄다 오두막에 틀어박혀 있었다. 족장의 오두막에서 얼마 떨어지지 않은 곳에서는 두 명의 경비병이 나지막이 코를 골았다. 라봉고는 족장이 쓰는 관과 어깨까지 내려오는 커다란 독수리 머리 장식을 벗었다. 그는 오두막에서 나와 전령사인 냐보고에게 북을 치라고 지시하는 대신에 스스로 가서 북을 두드렸다. 곧 모든 부족민이 시알라나무 아래로 모였다. 그곳은 그가 가족들을 모아 놓고 연설을 하는 곳이었다. 그는 오간다에게 잠시 할머니의 오두막에 가 있으라고 했다.

라봉고는 연설을 하려고 가족들 앞에 섰지만 목소리가 쉬고 눈물로 목이 메어 입이 떨어지지 않았다. 그 모습을 본 아내들과 아들들은 나쁜 일이 닥쳤다는 것을 알았다. 적들이 전쟁을 선포한 것일까. 그들은 라봉고의 눈이 붉게 충혈되어 있어 그가 울고 있다는 것을 알 수 있었다. 마침내 라봉고가 입을 열었다.

• 강우사 | 비를 내리게 하는 일을 맡고 있는 부족의 주술사.

"사랑하고 아끼는 사람이 우리 곁을 떠나게 되었다. 오간다가 죽어야 한다."

라봉고의 목소리는 너무 작아 말하는 사람 자신도 알아듣지 못할 지경이었다. 하지만 그는 말을 이었다.

"조상님들이 호수 괴물에게 바칠 제물로 이 아이를 택하셨다. 비를 내리게 하려면 제물을 바쳐야 한다."

한동안 가족들 사이에 쥐 죽은 듯 침묵이 흘렀다. 다들 너무 놀라 말을 잃어버렸다. 얼마 후 웅성거리는 소리가 들렸다. 오간다의 어머니는 실신하여 오두막으로 실려 갔다. 하지만 남은 사람들은 빙빙 돌며 춤을 추고 노래를 불렀다. 그들은 "부족을 위해 죽는 오간다는 행운아, 부족을 구하려면 오간다를 보내라."라는 말을 되풀이했다.

할머니의 오두막에 가 있던 오간다는 가족들이 한데 모여 무슨 일을 논의하기에 자기는 듣지 못하게 하는 건지 궁금했다. 할머니의 오두막은 족장의 마당에서 한참 떨어져 있어 아무리 귀를 쫑긋 세워도 사람들 이야기 소리를 들을 수 없었다.

"결혼 이야기인가 봐."

그녀는 그렇게 단정하고 말았다. 딸의 결혼 이야기는 본인이 듣지 않는 자리에서 하는 것이 집안의 관습이었다. 오간다는 자기 이름만 들어도 침을 흘리는 청년들 몇몇이 떠올랐다. 오간다의 입술에 희미한 미소가 번졌다.

그중에는 이웃 문중의 한 원로의 아들, 케크가 있었다. 케크는 미남이었다. 눈매가 순하면서 매력적이고 웃음소리는 우렁찼다. 케크라면 멋진 아빠가 될 거야, 하고 오간다는 생각했다. 하지만 자신과 잘 어울릴 것 같지는 않았다. 케크는 남편감으로 키가 너무 작았다. 말할 때마다 내려다봐야 한다면 창피한 일이었다.

그러자 디모가 떠올랐다. 디모는 벌써부터 용맹한 전사이자 뛰어난 씨름꾼으로 이름을 떨치고 있는, 키가 헌칠한 젊은이였다. 디모는 오간다를 사랑하고 있었다. 하지만 오간다 생각에 디모는 다투기를 잘해 늘 싸움을 하려고 덤벼드는 잔인한 남편이 될 것 같았다. 오간다는 그 사람도 마음에 들지 않았다.

이번에는 오신다를 생각하면서 허리에 두른 반짝이는 황동 고리 줄을 만지작거렸다. 오래전, 아주 어렸을 때 오신다가 선물로 준 것이었다. 그녀는 그것을 목에 걸지 않고 허리에 둘렀다. 영원히 그렇게 하고 싶었다. 오신다를 떠올리자 가슴이 두방망이질 치듯 뛰기 시작하였다. 오간다는 중얼거렸다.

"사람들이 지금 이야기하고 있는 상대가 당신이었으면 좋겠네요. 사랑하는 오신다, 어서 와서 날 데려가 줘요……."

문간에 비쩍 마른 사람의 모습이 나타나자 오간다는 사랑하는 사람 생각에 넋을 잃고 있다가 깜짝 놀랐다.

"할머니, 깜짝 놀랐지 뭐예요."

오간다는 웃으며 말했다.

"말해 줘요, 제 결혼 이야기를 하셨나요? 전 아무하고도 결혼하지 않을 거예요."

그녀의 입술에 다시금 미소가 떠올랐다. 그녀는 빨리 말해 달라고 할머니를 졸랐다. 사람들이 오간다를 마음에 들어 했다는 말을 듣고 싶었다.

사람들은 춤추고 노래하며 오간다의 발밑에 놓아 줄 선물을 하나씩 들고 오두막으로 오고 있었다. 사람들의 노랫소리가 가까워지자, 오간다는 노래의 내용을 알아들을 수 있었다.

"부족을 구하려면, 비가 내리게 하려면, 오간다를 보내라. 부족과 조상님을 위해 오간다를 죽게 하라."

사람들이 자기에 관한 노래를 부르고 있다는 걸 알고 오간다는 제정신을 차릴 수 있었을까. 과연 죽을 수 있다고 생각했을까.

오간다는 여윈 몸으로 문간을 막고 선 할머니의 모습을 발견하였다. 그녀는 밖으로 나갈 수가 없었다. 할머니의 표정에서 위험이 코앞에 닥쳐왔다는 것을 알 수 있었다.

"할머니, 그럼 제 결혼 이야기가 아니었단 말인가요?"

오간다가 다급하게 물었다. 굶주린 고양이에 쫓겨 구석으로 몰린 생쥐처럼, 그녀는 갑자기 공포에 사로잡혔다. 오두막에는 출입구가 하나밖에 없다는 것도 잊고, 오간다는 필사적으로 빠져나갈 곳을 찾았다. 살기 위해서는 싸우지 않으면 안 되었다. 하지만 나갈 곳이 없었다.

오간다는 눈을 질끈 감은 채 할머니를 땅바닥에 쓰러뜨리고 성난 호랑이처럼 뛰쳐나갔다. 하지만 바깥에는 라봉고가 상복을 입고 뒷짐을 진 채 꼼짝도 하지 않고 서 있었다. 그는 흥분한 군중을 피해 붉은 칠이 된 조그만 오두막으로 딸을 데리고 갔다. 실신했던 그녀의 어머니가 그곳에 있었다. 오두막에 들어온 라봉고는 딸에게 족장으로서 불행한 이야기를 할 수밖에 없었다.

서로를 끔찍히 사랑했던 세 사람은 오랫동안 말없이 어둠 속에 앉아 있었다. 무슨 말이 소용 있겠는가. 말을 하려고 해도 아무 말도 나오지 않았다. 지금까지 그들은 음식을 만들 때 냄비를 받치는 세 개의 돌처럼 서로 짐을 나누어 지고 있었다. 하지만 오간다가 떠나고 나면 나머지 두 돌은 쓸모없게 될 것이다.

족장의 아름다운 딸을 제물로 바쳐 비를 내리게 한다는 소식은 바람처럼 빠르게 퍼졌다. 저물녘이 되자 족장의 마을은 오간다에게 축하의 말을 하러 온 친척들과 친구들로 바글거렸다. 선물을 가지고 오는 사람 중에 아직 도착하지 못한 사람도 많았다. 사람들은 그녀와 함께 있어 주기 위해 아침까지 춤을 출 작정이었다. 그리고 아침이 되면 큰 송별 잔치를 열어 줄 것이다. 그들은 부족을 살리기 위해 정령들에 의해 제물로 뽑히는 것을 커다란 명예로 생각했다.

"오간다의 이름은 우리들 마음에 영원히 살아남을 것이다."

그들은 자랑스럽게 말했다.

한 여자의 딸이 나라를 위해 죽는다는 것은 물론 명예로운 일이다. 대단히 명예로운 일이다. 하지만 하나뿐인 딸이 바람과 함께 사라지고 나면 어머니는 누구랑 살아간단 말인가. 이 땅에 여자들이 많은데 하필이면 왜 자신의 딸이란 말인가. 왜 외동딸이란 말인가. 사람의 목숨에 무슨 의미가 있지? 다른 집에 아이들이 바글거리는데 오간다의 어미는 왜 하나밖에 없는 딸아이를 잃어야 하는가.

구름 한 점 없는 하늘에 달은 휘영청 밝았고 하늘 가득한 별들도 저마다 반짝였다. 나이별로 춤을 추던 사람들이 오간다 앞에서 춤을 추기 위해 모두 한데 모였다. 오간다는 어머니 곁에 바짝 붙어 앉아 조용히 흐느끼고 있었다. 그녀는 지난 세월을 부족 사람들과 함께 살아오면서 그들을 잘 안다고 생각했다. 하지만 이제 그녀는 자기가 그들 사이에서 낯선 사람이 되어 있다는 것을 알았다. 그 사람들이 늘 큰 소리로 떠들어 대듯 오간다를 정말 사랑한다면, 왜 그녀를 가엾게 여기지 않을까. 왜 그녀를 살려 보려고 하지 않는 것일까. 이 사람들은 젊어서 죽는다는 것이 어떤 기분인지 정말 알까. 오간다는 제 또래 젊은이들이 춤을 추러 일어서자 북받치는 감정을 억누르지 못하고 큰 소리로 흐느껴 울었다. 제 또래들은 모두 젊고 아름다웠다. 그들은 곧 결혼을 하여 아이들을 가질 것이다. 사랑하는 남편을 가지게 될 것이고, 함께 살 조그만 오두막도 가지게 될 것이다. 그들은 성숙해질 것이다. 오간다는 허리에 두른 줄을 만지작거리며 오신다를 생각했다. 오신다도 그 자리에, 친구들 사이에 있으면 얼마나 좋을까.

"병이 났나 봐."

그녀는 우울했다. 그래도 허리에 두른 줄이 위로가 되었다. 그녀는 이 줄을 허리에 두르고 죽으리라, 저세상에 가서도 두르리라고 생각했다.

아침이 되자 오간다가 골라 먹을 수 있도록 갖가지 음식을 차린 큰 잔칫상이 마련되었다.

"죽고 나면 먹지 못한다."

사람들 말이 그랬다. 음식은 맛있어 보였지만 오간다는 아무것에도 손이 가지 않았다. 그녀는 조그만 조롱박에 담긴 물을 조금 홀짝이는 것으로 식사를 대신했다.

떠날 시간이 다가왔다. 이제는 한순간 한순간이 소중했다. 호수까지는 꼬박 하루가 걸리는 길이었다. 깊은 삼림지대를 지나 온밤을 걸어야 했다. 하지만 아무것도 그녀를 건드리지 못했다. 숲 속에 사는 것들조차 그녀를 건드릴 수 없었다. 그녀는 이미 성스러운 기름을 바른 신성한 존재가 되어 있었기 때문이다. 오간다는 자신에 관한 슬픈 소식을 들었던 때부터 오신다가 나타나기를 이제나저제나 기다렸다. 하지만 그는 보이지 않았다. 한 친척의 말로는 오신다가 어딘가로 일을 보러 나가 마을에 없다고 하였다. 오간다는 사랑하는 사람을 다시는 보지 못하리라는 것을 깨달았다.

오후가 되자 온 마을 사람들이 그녀에게 마지막 작별 인사를 하려고 마을 입구에 나왔다. 그녀의 어머니는 딸과 함께 오랫동안 울었다. 가죽 상복 차림의 족장이 맨발로 마을 입구에 나와 사람들 틈에 끼었다. 어쩔 수 없이 슬픔에 빠진 평범한 아버지였다. 그는 팔찌를 빼 딸의 팔에 끼워 주며 말했다.

"넌 우리 마음에 영원히 살아 있을 것이다. 조상님들이 너와 함께 계신다."

오간다는 아무 말도 할 수 없었고 그 말을 믿지도 않았다. 그냥 사람들 앞에 서 있었다. 할 말이 없었다. 살던 집을 다시 한번 돌아보았다. 심장이 가슴속에서 고통스럽게 뛰는 소리를 들을 수 있었다. 어린 시절의 꿈이 깡그리 사라져 갔다. 봉오리가 떨어져 다시는 아침 이슬을 마시지 못할 꽃 신세였다. 서럽게 우는 어머니를 보고 그녀는 나직이 말했다.

"제가 보고 싶을 때면 노을을 보세요. 전 거기 있을 거예요."

오간다는 남쪽으로 방향을 잡아 호수로 가는 고단한 길을 떠났다. 부모와 친척, 친구들, 그녀를 좋아했던 사람들이 마을 입구에 서서 그녀가 떠나는 것을 지켜보았다. 아름답고 호리호리한 그녀의 모습이 점점 작아지더니 이윽고 숲의 마른 나무들 사이로 사라져 버렸다.

오간다는 황야에 구불구불 난 호젓한 길을 걸으면서 노래를 불렀다. 그녀의 목소리만이 길벗이 되어 주었다.

우리 조상님들 말씀은
오간다가 죽어야 한대
족장 딸을 제물로 바쳐야 한대
호수의 괴물이 나를 먹으면

우리 땅에 비가 올 거래

비가 억수같이 쏟아질 거래

바람이 불고 천둥이 칠 거래

족장 딸이 호수에서 죽으면

호숫가에 물이 넘실댈 거래

내 또래 동무들이 그러라 하고

아버지 어머니도 그러라 하고

친구들 친척들도 그러라 했어

비가 오려면 오간다가 죽어야 한다고

내 또래 동무들 젊고 성숙해

모두들 어른 되어 엄마가 될 거야

하지만 오간다는 일찍 죽어야 한대

조상님들 사는 데로 가야 한대

그래야 비가 억수같이 쏟아질 거래

지는 해의 붉은 빛살이 오간다를 감싸자 그녀는 황야에서 촛불처럼 붉게 타올랐다.

오간다의 슬픈 노래를 들으러 나온 사람들은 그녀의 아름다움에 마음이 울컥하였다. 하지만 그들이 하는 말은 다 똑같았다.

"사람들을 구하려면, 우리에게 비를 가져다주려면, 두려워하지 마라. 너의 이름은 우리 마음에 영원히 살아 있을 것이다."

한밤이 되자 오간다는 기운이 빠지고 몹시 피곤했다. 더 이상

걸을 수 없었다. 그녀는 큰 나무 아래에 앉아 조롱박의 물을 조금 마시고 나무 기둥에 머리를 기댄 채 잠들었다.

아침에 눈을 떴을 때는 해가 중천에 올라 있었다. 몇 시간을 걸은 뒤에 그녀는 '통'이라 불리는 곳에 도착했다. 그곳은 사람들이 거주하는 지역과 '카르 라모'라고 불리는 성스러운 땅을 구분 짓는 경계 지역이었다. 보통 사람은 이곳에 들어가 아무도 살아 나오지 못했다. 정령들이나 전능한 신을 직접 만나는 사람들만 그 신성한 곳에 들어갈 수 있었다. 하지만 해가 지기 전에 호수에 이르려면 오간다는 이 신성한 곳을 지나야 했다.

많은 사람의 무리가 마지막으로 그녀를 보려고 모여들었다. 이제 그녀는 목소리도 쉬고 목도 아팠지만 더 걱정할 필요가 없었다. 얼마 있으면 노래를 부를 필요가 없으니까. 사람들은 알아들을 수 없는 말을 웅얼거리면서 그녀를 안쓰럽게 바라보았다. 하지만 그녀를 살리자고 하는 사람은 아무도 없었다. 오간다가 성스러운 곳으로 들어가는 문을 열자 아이 하나가 사람들 사이에서 빠져나와 그녀에게 달려왔다. 아이는 땀에 젖은 손으로 쥐고 있던 조그만 귀걸이를 내밀며 말했다.

"저승에 가시게 되면 이 귀걸이를 제 누나에게 전해 주세요. 지난주에 죽었는데 잊어 먹고 이 귀걸이를 가져가지 않았어요."

오간다는 아이의 부탁을 듣고 깜짝 놀라며 귀걸이를 받았다. 그러고는 남아 있던 소중한 물과 음식을 아이에게 건네주었다. 이제는 물과 음식이 필요 없었다. 오간다는 웃어야 할지 울어야 할지 알 수 없었다. 사별한 사람이 죽은 지 오래된 연인에게 사랑의 마음을 전한다는 말은 들었지만 선물을 전한다는 말은 처음이었다.

오간다는 숨을 죽이고 울타리를 넘어 신성한 땅으로 들어갔다. 그런 다음 호소하는 눈빛으로 사람들을 돌아보았지만 아무런 반응도 없었다. 그 사람들에게는 자기들이 살아야 한다는 생각밖에 없었다. 자기들을 구원해 줄 비를 애타게 기다리고 있었기 때문에, 오간다가 호수에 빨리 갈수록 좋았다.

족장의 딸은 성스러운 땅에서 조심스럽게 길을 찾아갔다. 이따금 이상한 소리가 들릴 때마다 그녀는 깜짝깜짝 놀랐다. 그녀는 달아나고 싶었다. 하지만 이대로 사람들의 소망을 저버릴 수는 없었다. 힘이 다 빠졌지만 길은 아직도 구불구불 한없이 뻗어 있었다. 그러더니 갑자기 모래땅이 나타나면서 길이 뚝 끊겼다. 물이 뭍으로부터 수 킬로나 빠져나가 넓게 뻗은 모래사장을 드러내 놓고 있었다. 그 너머로 넓디넓은 호수물이 출렁거렸다.

오간다는 무서웠다. 괴물의 생김새를 머릿속에 그려 보고 싶었지만 무서워서 그럴 수가 없었다. 사람들은 괴물 이야기를 입에 올리지 않았다. 아이들까지도 괴물 이야기만 나오면 울음을 뚝 그쳤다. 해는 아직도 하늘에 걸려 있었지만 뜨겁지는 않았다. 오간다는 발목까지 빠지는 모래사장을 오랫동안 걸었다. 이제 지칠 대로 지쳐 조롱박의 물이 그립기 짝이 없었다. 그러면서도 계속 앞을 향해 걸어가는데 무엇인가 그녀를 따라오고 있다

는 느낌이 들었다. 괴물인가? 머리털이 곤두서면서 오싹한 느낌
이 등골을 훑고 지나갔다. 그녀는 얼른 뒤를 돌아보았고, 옆쪽과
앞쪽도 보았다. 먼지구름밖에는 아무것도 보이지 않았다,

오간다는 걸음을 재촉했지만 무엇인가 있다는 느낌은 좀처럼
사라지지 않았다. 먹을 감고 있는 것처럼 온몸이 땀으로 젖었다.

해가 빠르게 지고 있었고, 그에 따라 호숫가도 움직이는 것처
럼 보였다.

오간다는 뛰기 시작했다. 해가 지기 전에 호수까지 가야 했다.
달리는데 뒤에서 뭔가 따라오는 소리가 들렸다. 휙 돌아보니 움
직이는 덤불나무 같은 것이 뒤에서 미친 듯이 달려오고 있었다.
그것은 막 그녀를 따라잡을 만큼 가까이 와 있었다.

오간다는 있는 힘을 다해 달렸다. 해가 떨어지기 전이라도 물
속에 뛰어들 작정이었다. 돌아보지 않았지만 그것은 바짝 다가
와 있었다. 그녀는 소리를 내지르려고 하였지만 악몽을 꿀 때처
럼 소리가 나오지 않았다. 억센 손이 그녀를 붙잡았다. 그녀는
모래 위에 고꾸라져 정신을 잃고 말았다.

호수에서 산들바람이 불어와 정신이 들었을 때 한 사내가 그
녀를 굽어보고 있었다.

"오……!"

오간다는 말을 하려고 입을 열었지만 목소리가 나오지 않았
다. 낯선 이가 그녀의 입속에 물을 흘려 넣어 주자 겨우 입을 열
수 있었다.

"오신다, 오신다! 나를 그냥 죽게 내버려 둬요. 빨리 가야 해요. 해가 지고 있어요. 죽게 해 줘요. 비가 와야 해요."

오신다는 오간다의 허리에 두른 황동 고리 줄을 어루만지며 그녀의 얼굴에서 눈물을 훔쳐 주었다.

"사람들이 모르는 땅으로 빨리 달아납시다. 어서 달아나 조상님들의 진노와 괴물의 복수를 피해야 해요."

오신다가 다급하게 말했다.

"오신다, 난 저주를 받은 몸이에요. 당신에게도 이제 쓸모없는 사람이고요. 게다가 어디를 가든 우리는 조상님들의 눈을 피할 수 없어요. 불행을 피하지 못해요. 괴물한테서 도망갈 수도 없고요."

오간다는 도망가는 일이 무서워 오신다를 뿌리쳤다. 하지만 오신다는 다시 그녀의 두 손을 그러잡았다.

"내 말 들어요, 오간다! 내 말 들으란 말이에요! 여기 외투가 두 벌 있어요!"

그러고는 잎이 무성하게 난 브옴붸* 나뭇가지를 엮어 오간다의 눈을 제외하고 온몸을 덮어 주었다.

"이걸 입으면 조상님들의 눈과 괴물의 분노를 피할 수 있어요. 자, 이제 여기서 달아납시다."

그는 오간다의 손을 붙들었다. 두 사람은 오간다가 왔던 좁은

---

* 브옴붸 | 아프리카에서 자라는 나무의 일종.

길을 피해 성스러운 땅에서 달아났다.

덤불숲은 빽빽했다. 긴 풀들이 달리는 그들의 다리를 휘감았다. 한참을 달린 후 두 사람은 달리던 것을 멈추고 뒤를 돌아보았다. 해가 호수의 수면에 막 닿으려는 참이었다. 그들은 무서워 다시 뛰기 시작했다. 지는 해를 피하기 위해 더 빨리 뛰었다.

"날 믿어요, 오간다. 이젠 아무도 우릴 따라오지 못해요."

두 사람이 몸을 떨며 뒤를 돌아보았을 때 호수의 수면 위에는 해 윗부분만 조금 보일 뿐이었다.

"해가 졌어요! 져 버렸어요!"

오간다는 두 손에 얼굴을 파묻고 울음을 터뜨렸다.

"울지 마요, 족장의 딸. 달립시다. 달아나요."

그때 멀리서 번개가 번쩍였다. 그들은 놀라 서로 얼굴을 쳐다보았다.

그날 밤 비가 억수같이 쏟아졌다. 참 오랜만에 내리는 비였다.

:: 생각 나누기

1 이 사회의 관습이 드러나 있는 부분을 찾아보세요.

2 비가 오게 하려고 사람을 제물로 바치는 것에 대해 마을 사람들과 오신다의 생각은 어떻게 다른가요?

3 이야기의 결말로 보았을 때 신성한 땅과 괴물은 실제로 있었던 것일까요?

4 사람들은 왜 신성한 땅이나 괴물에 관한 이야기를 만들어 내고 믿었을까요?

5 오신다와 오간다는 그 후 어떻게 살았을까요?

:: 생각 넓히기

〈심청전〉에서는 뱃사람들이 심청이를 사서 인당수에 빠뜨리는 장면이 나온다. 뱃사람들은 인당수 물결이 사나운 것이 누군가의 분노 때문이고, 그 분노를 달래려면 처녀를 사서 바쳐야 한다고 믿었다.

신이나 초자연적 존재에게 산 사람을 죽여 바치는 풍습은 남·북아메리카, 아프리카, 고대 이집트, 인도, 중국 등지에서 광범위하게 행해졌다고 한다. 이런 풍속은 원하는 것을 얻거나 신의 노여움을 달래기 위하여, 혹은 특별한 힘을 얻기 위해서라고 한다.

마을에 오랫동안 비가 오지 않자 강우사는 족장의 딸인 오간다를 제물로 바치라고 요구한다. 갈등하는 족장을 보며, 우리는 의문을 품게 된다. 대의를 위해 개인을 희생하는 것이 올바른가? 그리고 그 희생을 타인이 강요하는 것은 정당한가? 부족원들은 오간다의 억울함과 두려움을 알아주지 않는다. 그녀가 죽어야만 비가 온다고 생각하기 때문이다.

그런데 과연 사람의 목숨을 원하는 괴물이 있기는 한 것일까? 오간다를 사랑하는 오신다는 그녀가 부족을 떠나 괴물이 있다는 '신성한 땅'에 갈 때, 그녀의 뒤를 따라간다. 그리고 오간다를 설득하여 '신성한 땅'에서 탈출한다.

탈출에 성공한 날 저녁, 비가 쏟아진다. 제물을 바치지도 않았는데 비가 내렸다는 것은 오간다가 죽어야 할 이유가 없다는 것을 말해 준다. 그렇다. 사실은 괴물도, 신성한 땅도 없었던 것이다. 그것들은 사람들의 믿음 속에만 있었다. 무지와 이기심이 희생을 요구했던 것이다. 무의미한 희생을 막은 것은 사랑과 용기였다. 이처럼 사람을 구원하는 것은 결국 사랑이 아닐까 싶다.

오신다와 오간다가 앞으로 어떻게 할지 생각해 보니 재미있다. 그들은 다른 땅을 찾아 떠나갈까, 아니면 고향에 돌아갈까? 만약 돌아간다면 무슨 일이 벌어질까?

거대한 날개를
가진 노인
Un señor muy viejo con
unas alas enormes

가브리엘 가르시아 마르케스 지음

김수진 옮김

가브리엘 가르시아 마르케스 Gabriel García Márquez (1927~2014)

콜롬비아의 카리브해 연안의 작은 마을 아라카타카에서 태어나 할머니와 함께 살았다. 어린 시절에 경험한 고향의 민속과 설화는 그의 문학 곳곳에 스며 있다. 마술적이고 신비한 소재를 일상의 사실적인 상황 속에서 그려 내는 그의 독특한 스타일을 마술적 사실주의라고 한다. 《백 년간의 고독》, 《콜레라 시대의 사랑》 등의 대표작을 통해 문학적 찬사를 받고 상업적으로도 큰 성공을 거두었으며, 1982년 노벨문학상을 받았다. 20세기 라틴아메리카의 최고의 작가로 평가받는다.

줄기차게 비가 쏟아져 내린 지 사흘째 되던 날, 그들은 집 안으로 들어온 엄청난 게들을 다 잡아 버렸다. 펠라요는 물이 들어 찬 앞마당을 가로질러 가서는 죽은 게들을 바다에 던져 버렸다. 밤새 갓난쟁이가 신열에 시달렸는데, 아무래도 전염병 때문이 아닐까 생각되었던 것이다. 화요일부터 세상은 온통 암울하기만 했다. 하늘도 바다도 똑같이 잿빛이었고, 삼월만 해도 불꽃처럼 반짝이던 해변의 백사장은 진흙더미와 썩은 어패류들로 뒤덮이고 말았다. 펠라요는 정오의 햇살이 너무 뜨거워 게들을 바닷물 속으로 던져 넣기가 무섭게 얼른 집으로 돌아와 버린 터라 자기 집 마당 한가운데서 뭔가가 꼬물거리며 힘겨운 소리를 토해 내는 걸 보고도 확인하는 것조차 짜증스러웠다. 하지만 바싹 다가가 그것이 무엇인지 볼 수밖에 없었다. 실체는 진흙탕 속에 코를 박고 누워 있는 나이 많은 노인이었다. 노인은 어떻게든 일어서려고 기를 썼지만 거대한 날개 때문에 도무지 일어서지 못했다.

그 기막힌 광경에 놀란 펠라요는 아픈 아이에게 냉찜질을 해 주고 있던 아내 엘리센다에게 달려가 그녀의 손을 잡아끌고 마당 한가운데로 갔다. 두 부부는 할 말을 잃은 채 그저 노인을 바라볼 뿐이었다. 노인은 다 해진 옷을 입고 있었다. 머리털 한 올 남아 있지 않았고 이도 거의 빠져 있었으며 쫄딱 젖은 모양새가 초라하기 그지없었다. 온몸이 지저분했고 깃털이 듬성듬성 빠져 있는 거대한 두 날개도 온통 진흙투성이였다. 열심히, 뚫어져라 노인을 들여다보던 펠라요와 엘리센다는 곧 당혹감을 떨쳐 버렸다. 그러자 노인이 친숙하게 느껴졌다. 두 사람은 노인에게 말을 붙여 보았지만 노인은 도무지 알아들을 수 없는 낯선 언어로 대답했다. 하지만 목소리만큼은 듣기 좋았다. 두 사람은 노인의 거추장스러운 날개는 아랑곳하지 않고 노인이 폭풍으로 홀로 조난된 외국 배의 선원일 것이라고 결론지었다. 그다음 생사의 이치를 훤히 내다보는 이웃 아주머니에게 노인을 보였다. 두 사람은 아주머니의 말을 듣고 나서야 자신들의 결론이 잘못되었다는 것을 알 수 있었다.

"저 노인은 천사야. 이 집 애 때문에 온 게 틀림없다고. 그런데 너무 노쇠해 폭우를 이기지 못한 모양이야."

다음 날, 마을 전체에 펠라요의 집에 진짜 살아 있는 천사를 잡아 놓았다는 소문이 좍 퍼졌다. 요즘 천사들은 천상의 음모를 피해 달아난 생존자에 불과하다는 이웃집 아주머니의 주장에도 사람들은 천사를 몽둥이질해 죽일 생각이 없었다. 펠라요는 오후 내내 부엌에서 경찰봉을 든 채 천사를 감시하며 보내다가 자러 가기 직전에야 천사를 진흙탕에서 질질 끌어내 철조망이 쳐진 닭장 속에 가뒀다. 자정 무렵, 마침내 비가 그쳤지만 펠라요와 엘리센다는 여전히 게잡이에 열중하고 있었다. 잠시 후, 열이 내린 어린애가 잠에서 깨서는 먹을 것을 달라고 칭얼거렸다. 마음이 한결 여유로워진 부부는 천사를 뗏목에 태운 뒤 사흘 치 물과 양식을 실어 심해로 떠나보내기로 했다. 그런데 아침이 되어 마당으로 나가 보니 마을 사람들이 하나같이 닭장 앞으로 몰려든 게 아닌가. 그들은 경외심이라고는 손톱만큼도 없이 천사를 에워싸고는 초자연적인 존재를 대한다기보다 동물원 우리 속 짐승을 대하듯 철조망 사이로 먹을 것을 던져 넣고 있었다.

곤사가 신부도 이 황당한 소식을 전해 듣고 일곱 시가 되기 전에 달려왔다. 그 무렵에는 이미 새벽녘에 한달음에 달려온 사람들보다 호기심이 덜한 다른 구경꾼들도 다 몰려들었고, 포로가 장차 어떻게 될 건지에 대해 저마다 의견을 내놓고 있었다. 단순한 사람들은 천사가 이 세상의 시장이 될 거라고 했다. 그런가 하면 성격이 까칠한 사람들은 오성장군*이 되어 연전연승을 거두게 될 거라고 했다. 일부 환상가들은 씨앗이 되어 장차 우주를 책임지고 이끌어 나갈 날개 달린 현인의 종족을 이 땅에 널리 퍼뜨리게 될 것으로 기대했다.

곤사가 신부는 신부가 되기 전에 힘 좋은 나무꾼이었다. 그는 철조망 너머를 쳐다보며 잠시 교리문답서를 뒤적이다가 멍청한 암탉들 사이에 낀 거대한 늙은 암탉처럼 쭈그리고 있는 불운한 남자를 가까이에서 살펴봐야겠으니 닭장 문을 열어 달라고 했다. 닭장 한구석에 기대앉은 천사는 새벽에 몰려들었던 사람들이 던져 준 과일 껍질과 먹다 남은 음식에 뒤범벅이 된 채 큼지막한 날개를 햇볕에 말리고 있었다. 천사는 사람들의 무례한 행

• 오성장군 | 장성 계급의 하나로 대장의 위로 가장 높은 계급.

동에는 무심한 듯 눈길 한번 주지 않았으며, 닭장 안으로 들어간 곤사가 신부가 라틴어로 아침 인사를 건네도 자기네 말로 중얼 거릴 뿐이었다. 신부는 천사가 신의 언어도 알아듣지 못하는 데 다 신의 사도들에게 인사할 줄도 모르는 걸로 보아 사기가 아닐 까 하고 의심했다. 더구나 가까이 다가가 보니 천사치고는 너무 인간에 가까워 보였다. 역겨운 냄새가 풍겼고, 날개 안쪽에는 해 조류가 덕지덕지 달라붙어 있었으며, 긴 깃털들은 바람에 마구 엉켜 있는 등 그 초라한 모습에서는 도무지 천사의 존귀함을 찾 아볼 수 없기 때문이었다. 결국 신부는 닭장을 나온 뒤 구경꾼들 에게 순진함의 위험성에 대해 짧은 강론을 펼쳤다. 그는 사탄에 게는 조심성이 없는 사람들을 혼란스럽게 만들기 위해 떠들썩한 사건을 일으키는 못된 습성이 있다는 것을 상기시켰다. 또한 날 개가 있다는 것만으로는 새와 비행기의 차이를 근본적으로 설명 할 수 없기 때문에 날개가 달렸다고 무조건 천사로 인정하는 것 은 안 될 일이라고도 주장했다. 그러니 일단은 주교에게 편지를 보내고 그것을 받은 주교가 다시 교황 성하에게 서신을 올려 지 엄한 교황청 최고재판부의 최종 판결을 받자는 것이었다.

사람들의 메마른 가슴에도 신부의 신중함이 전해졌다. 천사가 사로잡혔다는 소문은 몇 시간 지나지 않아 시장 한복판까지 퍼 져 나갔고, 천사를 보러 몰려든 사람들 등쌀에 집이 금방이라도 무너져 내릴 것 같아 결국 총검을 든 병력까지 동원하여 사람들 을 내쫓아야 했다. 구경꾼들 때문에 생긴 쓰레기를 치우러 비질을 해 대느라 허리가 휠 정도로 힘들었던 엘리센다의 머리에 마당에 담장을 쳐서 구경꾼들에게 5센트씩 받고 천사를 보여 줘야겠다는 생각이 떠올랐다.

심지어 마르티니카에서도 구경꾼들이 몰려왔다. 곡예비행기가 포함된 유랑 곡예단이 마을을 찾아 몇 번이나 사람들 머리 위로 비행선을 타고 오락가락했지만 곡예 비행기에 신경을 쓰는 사람은 하나도 없었다. 비행기 날개는 천사의 날개와는 견줄 수 없는 그저 날박쥐의 날개나 다름없다는 생각 때문이었다. 카리브 전역에서 가장 비참한 삶을 사는 환자들까지 건강을 회복하기 위해 천사를 찾아왔다. 아기 때부터 심장 박동 소리를 세며 살아와 이제는 더 이상 숫자를 셀 수도 없을 지경이 되었다는 여인부터 별들이 내는 소음 때문에 시끄러워 도무지 잠을 이룰 수 없다는 자메이카 남자, 한밤중에 일어나 잠을 깨게 만든 물건을 모조리 부숴 버린다는 몽유병 환자를 비롯해 기타 소소한 병증을 가진 온갖 사람들에 이르기까지 말이다. 온 땅을 뒤흔든 조난자의 큰 소동 속에서도 펠라요와 엘리센다는 말로 표현할 수 없을 정도로 행복했다. 일주일도 안 되는 짧은 시간에 방 안 가득 동전이 쌓여 갔는데 아직도 천사를 보러 온 순례자들의 줄이 수평선 너머까지 이어졌기 때문이었다.

천사만이 이 사건에 끼어들지 않는 유일한 존재였다. 시간이 가면서 그는 자신에게 제공된 기름등잔과 사람들이 철조망 가까이에 놓아둔 공양의 촛불에서 뿜어져 나오는 지독한 열기가 가득한 거처에 나름대로 자리를 잡아 가고 있었던 것이다. 처음에 사람들은 이웃 아주머니의 조언에 따라 천사들의 음식이라는 녹나무 수액을 먹이려고 했다. 하지만 천사는 고행자들이 가져온 감자를 쳐다보지 않았던 것처럼 녹나무 수액 역시 거들떠보지 않았다. 그러다가 겨우 먹는다는 것이 가지 삶은 죽뿐인지라 이 사람이 정말 천사인지 아니면 그저 노인네인지 알 길이 없었다. 천사에게 유일하게 초자연적인 면이 있다면 아마도 그가 보여 준 인내심이었을 것이다. 암탉들이 날개 속에서 마구 증식하고 있던 천상의 기생충들을 잡아먹느라 그의 몸을 마구 쪼아 댈 때에도, 불구자들이 자신의 병든 곳에 대기 위해 그의 날개에서 깃털을 뽑아 댈 때에도, 심지어 유난히 신앙심이 돈독한 사람들이 그의 일어선 모습을 보고 싶어 서게 하려고 일부러 돌멩이를 던져 댈 때에도 꼼짝하지 않았으니까 말이다. 딱 한 번 천사가 자세를 바꾼 적이 있었는데, 그건 그가 하도 꼼짝을 않기에 혹 죽은 건 아닌지 확인하기 위해 사람들이 닭에 낙인을 찍을 때 쓰는 달군 쇠로 그의 옆구리를 지져 댔을 때였다. 그제야 그는 화들짝 놀라 깨서는 이상한 언어로 뭐라고 구시렁거린 뒤 눈물이 그렁그렁한 두 눈으로 날개를 두 번 퍼덕댔다. 그 바람에 닭똥이 마구 날려 시커먼 먼지가 일더니 마치 이 세상 것이 아닌 듯한 광풍이 휘몰아쳤다. 물론 대부분의 사람들은 그런 그의 몸짓이 분노 때문이 아니라 고통 때문이었다는 것을 알고 있었다. 그래서 그런지 그날 이후로 사람들은 천사를 귀찮게 하지 않았다. 천사가 수동성을 드러내는 건 은둔해 버린 영웅의 수동성이 아니라 대변혁이 일어나기 전 휴지기에 보이는 수동성이라는 것을 누구라도 알아챌 수 있기 때문이었다.

곤사가 신부는 경박한 반응을 보이는 군중들과는 달리 자신만의 생각에 따라 대응하면서 포로 처리에 대한 최종 판결이 나오기를 기다렸다. 그런데 로마에서 온 편지는 도무지 급할 게 없는 모양이었다. 편지에는 천사에게는 있을 수 없는 배꼽이 그에게 있는 것은 아닌지, 그가 쓰는 언어가 예수와 12사도들이 사용하던 그 아람어인지 아닌지, 중세의 케케묵은 천사 논쟁에서 다루었던 것처럼 그가 핀 끝에 서도 자리에 여유가 있는지, 혹은 그가 그저 단순히 날개 달린 노르웨이 사람은 아닌지 등을 살펴볼 것을 지시하는 글이 적혀 있었다. 다른 일이 발생하지 않았더라면 아마도 진득하기 그지없는 교황청의 편지들은 수 세기가 흐르도록 계속 오갔을 것이다.

그즈음 카리브 지역의 수많은 유랑 극단 공연 중에서 부모의 말을 거역해 거미가 되어 버린 서글픈 여인이 공개되었다. 문제는 거미 여인을 구경하는 비용이 천사를 보기 위해 지불해야 하는 입장료보다 쌌고, 현재의 기막힌 처지에 대해 온갖 질문을 할 수도 있고, 그녀가 겪게 된 끔찍한 현실에 대해 손톱만큼의 의심도 갖지 않도록 거미 여인을 옆에서 혹은 뒤에서도 얼마든지 관찰할 수 있게 해 주었다는 데 있었다. 거미 여인은 양 크기 정도의 독거미 몸에 슬픈 소녀의 얼굴을 하고 있었다. 하지만 무엇보

다도 슬픈 것은 황당한 그녀의 외모가 아니라 그녀가 진솔함이
배어 있는 불행한 인생사를 조목조목 들려준다는 것이었다. 그
녀는 무도회에 가려고 부모 몰래 집을 빠져나왔는데, 나중에 무
도회가 다 끝나고 숲을 가로질러 집으로 돌아가던 길에 무시무
시한 천둥소리가 들리더니 하늘이 양 갈래로 쫙 갈라졌고, 그 갈
라진 틈으로 쏟아져 내린 유황빛 번개에 맞아 그만 거미로 변해
버렸다고 했다. 그녀의 유일한 양식은 선한 영혼의 소유자들이
그녀의 입안에 넣어 주는 작은 고기 완자뿐이라고 했다. 인간적
인 면모와 죄악에 대한 부분이 깃들어 있는 이런 구경거리는 사
람들을 거들떠보지도 않는 천사를 완전히 제압해 버리고 말았
다. 더구나 천사를 통해 일어난 몇 되지 않는 기적들은 오히려
정신적으로 혼란만 불러일으켰다. 예컨대, 천사를 본 장님은 눈
을 뜨는 대신 새 이가 세 개나 돋았고, 걸을 수 없었던 마비 환자
는 복권에 당첨되었고, 나병을 앓던 환자는 상처 부위에서 해바
라기가 자라나는 일이 있었던 것이다. 그나마 위안거리라고 할
만한 이런 기적들조차 사실은 웃음거리였다. 천사의 명성이 추
락하고 있던 참에 거미 여인이 나타나자 천사는 사람들 머릿속
에서 깨끗이 잊혀지게 된 것이다. 그러면서 곤사가 신부의 불면
증도 사라졌고, 펠라요의 집 앞마당은 사흘 내내 줄기차게 비가
쏟아져 내리고 게들이 방구석 여기저기를 기어 다니던 그 무렵
처럼 다시 적막에 휩싸이게 되었다.

펠라요 부부는 그저 아쉬울 뿐이었다. 두 사람은 그간 벌어들

인 돈으로 발코니와 정원이 딸린 근사한 이층집을 지었고, 겨울에도 게들이 기어 들어오지 못하도록 계단도 높다랗게 쌓았으며, 창문마다 천사들이 들어오지 못하게 쇠창살을 덧씌웠다. 또 펠라요는 마을 입구에 토끼 사육장을 하나 장만한 뒤 시원찮은 경찰직을 완전히 정리해 버렸고, 엘리센다는 굽 높은 비단 구두와 그 당시 부잣집 부인들이 일요일이면 즐겨 입던 오색찬란한 실크 드레스를 몇 벌 사들였다. 두 사람이 유일하게 신경 쓰지 않은 곳이 바로 닭장이었다. 가끔 크레졸*로 닭장을 청소하기도 하고 닭장 속에서 몰약을 태우기도 했지만, 그나마도 천사를 위한 게 아니었고 전염병균이 곳곳을 유령처럼 돌아다니다가 새 집마저 헌 집처럼 바꿔 버릴 수 있기 때문에 병균 소독 차원에서 한 것이었다. 아이가 걸음마를 시작하자 처음에는 닭장 근처에 가지 못하게 했다. 하지만 나중에는 두 부부도 두려움을 망각했고 병균에도 익숙해졌다. 결국 아이는 젖니가 다 빠지기도 전에 철조망이 다 부식된 닭장 속에 들어가 놀았다. 천사는 다른 사람들에게 그랬던 것처럼 어린애에게도 무덤덤했다. 아이가 영악하고 못된 짓을 해 올 때에도 늙어 빠진 개처럼 그저 말없이 받아 넘길 뿐이었다. 그러다가 아이와 천사가 동시에 수두에 걸리는 일이 있었다. 아이를 진찰하러 온 의사는 호기심을 억누르지 못하고 천사를 청진하게 되었다. 천사는 심장에서도 쿨렁이는 소

* 크레졸 | 소독제, 방부제 등으로 쓰는 콜타르에서 얻은 약산성 액체.

리가 났고 신장에서도 잡음이 들리는 게 도무지 살아 있다고 보기 힘든 상태였다. 의사가 가장 궁금하게 여겼던 건 바로 날개였다. 완전히 인간과 똑같이 생긴 이 사람의 몸에서 날개가 돋아난 것이 자연스러운 일이라면, 어떻게 다른 사람들에게는 날개가 없는 건지 이해할 수 없었던 것이다.

아이가 학교에 다닐 무렵, 그동안 내린 햇볕과 비로 닭장이 무너져 내리고 말았다. 천사는 빈사 상태의 환자라도 되듯 자신의 몸을 질질 끌고 이리저리 움직였다. 두 부부가 침실에 있는 천사를 빗자루로 내쫓으면 어느새 천사는 식당에 가 있었다. 마치 동시에 여러 곳에 나타날 수 있기라도 한 것 같아, 혹시 분신법을 쓰는 건 아닌가 하는 착각까지 들었다. 화가 치솟은 엘리센다는 미친 사람처럼 소리를 질러 댔다. 천사로 가득 찬 지옥에서 사는 게 끔찍했기 때문이었다. 어느덧 천사는 식사도 하지 못하는 상태가 되었고, 늙어 빠진 멍한 두 눈동자는 시선이 조각조각 흩어져 갈래나무에 걸린 듯했으며, 몇 개 남지 않은 깃털마저도 털이 거의 빠져 깃대만 남게 되었다. 펠라요는 천사에게 담요를 한 장 덮어 주었고 곁채에서도 잘 수 있게 해 주었는데, 그런 후에야 밤마다 늙은 노르웨이인이 신열에 들떠 낯선 말로 잠꼬대를 한다는 걸 알게 되었다. 그것은 천사를 걱정했던 몇 되지 않는 순간 중의 하나였다. 아무래도 천사가 곧 죽을 것 같은데, 이웃 아주머니조차도 죽은 천사를 어떻게 처리하면 좋을지에 대해 아무 말도 하지 않았다.

하지만 천사는 혹독한 겨울을 이겨 내고 봄볕을 쬔 다음 조금 나아지는 듯했다. 그는 사람들의 눈에도 띄지 않는 마당 한구석에 쪼그리고 앉아 몇 날 며칠을 꼼짝 않고 지냈다. 그 후 12월 초쯤 그의 날개에 큼지막하고 단단한 깃털 몇 개가 돋아나기 시작했다. 알 수 없는 일이었지만 깃털을 보지 못하게 하고, 가끔씩 별들 아래 울려 퍼지는 선원들의 노랫소리를 듣지 못하게 하는 것으로 보아 천사 자신은 이런 변화의 이유를 알고 있는 것 같았다. 어느 날 아침, 엘리센다는 점심을 준비하느라 부엌에서 양파를 채 썰고 있었는데, 갑자기 저 멀리 바다에서 한줄기 바람이 훅 불어왔다. 얼른 창밖을 내다본 그녀는 천사가 날 준비를 하는 걸 보고 깜짝 놀랐다. 천사의 비행 시도는 서툴기 그지없었다. 손톱으로 밭을 긁어 고랑을 만들었고, 곁채가 다 무너지도록 허접한 날개를 마구 퍼덕거렸다. 그러다 마침내 천사가 날아올랐다. 엘리센다는 늙은 콘도르•와도 같은 날개를 퍼덕이며 지붕 위를 날아가는 천사의 모습을 바라보면서 안도의 한숨을 내쉬었다. 그녀는 양파를 다 썰도록 천사의 뒷모습을 바라보았으며, 더 이상 천사의 모습이 보이지 않을 때까지 하늘을 쳐다보았다. 이제 천사는 그녀의 삶에 던져진 방해물이 아니라 수평선 너머 상상의 한 점이 되었다.

• 콘도르 | 안데스 산맥 등지에 사는 새로 몸집이 크며 몸빛은 검은색에 날개에는 흰 줄이 있고 부리는 희고 다리는 검으며 눈동자는 붉다. 짐승의 시체를 먹는다.

1 거대한 날개를 가진 노인은 어디에서 온 누구라고 생각하나요?

2 거대한 날개를 가진 노인을 묘사한 부분을 모두 찾아보세요.

3 사람들은 거대한 날개를 가진 노인에게 어떻게 대했나요?

4 소설 전체에서 상상력이 가장 돋보이는 장면을 찾아보세요.

:: 생각 넓히기

이 소설의 작가 가브리엘 가르시아 마르케스의 작품들을 흔히 마술적 사실주의라는 용어로 설명한다. 이 소설에서는 날개 달린 노인이나 거미 여인의 존재처럼 현실에서 있을 수 없는 상황이 일어나지만 작품 속의 인물들은 그러한 상황을 아무 일 아니라는 듯이 당연하게 받아들인다. 이것은 마술적 사실주의의 한 특징이라고 할 수 있다.

이 소설 속의 노인과 같은 천사를 상상해 본 적이 있는가? 대부분의 사람들은 천사 하면 발그스름한 뺨에 금발 머리, 통통하고 귀여운 몸매와 앙증맞은 날개를 떠올린다. 날개를 갖고 있지는 않더라도, 천사라면 신비한 눈빛에 우아한 몸짓쯤은 지니고 있어야 할 것 같다. 하지만 이 소설의 천사는 우리의 상식을 완전히 뒤엎는다. 노인의 모습에 충격을 받아 책을 읽어 내려가는 내내 노인이 정말 천사일까 하는 생각을 떨칠 수 없을 것이다. 하지만 거대한 날개가 있고, 인간이 알아들을 수 없는 말을 하며, 초인간적인 인내심을 보여 주고, 신비로운 기적을 일으키다가 결국 날개를 퍼덕여 하늘로 날아가 버린 그 노인이 천사가 아니라면 무엇이겠는가?

천사의 뜻을 찾아보면 천국에서 인간 세계에 파견되어 신과 인간 사이에서 신의 뜻을 인간에게 전하고, 인간의 소망을 신에게 전하는 사자(使者)라고 나와 있다. 그렇다면 이 노인은 신의 어떤 뜻을 전하러 온 것일까? 아니면 그저 비바람을 피하지 못하고 인간 세계에 조난당한 늙고 지친 천사일까?

처음엔 굉장히 낯설었지만, 그런 점이 바로 이 소설의 매력인 듯싶다.

옮긴이

김남향　경북대 사범대학 불어교육과, 대구카톨릭대 대학원 졸업. 경상대학교
　　　　불어불문학과 교수. 옮긴 책으로《삶과 죽음의 사이에서》등이 있음.

김수진　한국외대 스페인어과, 동대학원 졸업. 한국외대 강사, 전문번역가로 활
　　　　동. 옮긴 책으로《남부의 여왕》,《시간의 창》,《행운》등이 있음.

김원회　불가리아 소피아대 슬라브어문학과 박사 과정 졸업. 한국외대 그리스-
　　　　불가리아어과 교수. 지은 책으로《세계의 민간신앙》,《또 하나의 유럽,
　　　　발칸유럽을 읽는 키워드》, 옮긴 책으로《죽음의 무도》등이 있음.

김희자　일본 메이카이대 일본어과 졸업. 경상대학교 대학원 일본학과 수료. 경
　　　　상대학교 일본학과 강사. 논문으로〈엔도슈사쿠의《침묵》에 있어서 신
　　　　과 인간의 문제〉등이 있음.

송　무　고려대 영문학과, 동대학원 졸업. 경상대학교 사범대학 영어교육과 교
　　　　수. 지은 책으로《영문학에 대한 반성》, 옮긴 책으로《달과 6펜스》,《소
　　　　돔과 고모라》,《위대한 개츠비》등이 있음.

이영석　서울대 독어교육과와 동대학원 석사 과정, 동아대 대학원 박사 과정 졸
　　　　업. 경상대학교 인문대학 독문학과 교수. 지은 책으로《그리스 로마의
　　　　신화와 전설》, 옮긴 책으로《유럽의 미래》등이 있음.

Die Probe (1955) *Siebzehn Kurzgeschichten*, Ernst Klett Verlag, 2007.

Un fallo mortal (1995) *Pobre Manolito*, Alfaguara, 1995.

A Telephone Call (1928) *The Portable Dorothy Parker*, Viking Penguin, 1956.

友好使節 (1961)《ようこそ地球さん》, 新潮文庫, 1972.

La rempailleuse (1882) *Contes de la bécasse*, Hachette Jeunesse, 2003.

War (1932) *World Literature: An Anthology of Great Short Stories, Drama, and Poetry*, Lincolnwood, Illinois: National Textbook Company, 1992.

The Monkey's Paw (1902) *Little Worlds: A Collection of Short Stories for the Middle School*, Sandwich MA: Wayside Publishing, 1985.

La légende de l'homme à la cervelle d'or (1866) *Lettres de mon moulin*, Gallimard, 1986.

на оня свят (1902) Съчинения, том 1-Разкази 1901-1906, "Български писател".

Forty-Five a Month (1972) *World Literature: An Anthology of Great Short Stories, Drama, and Poetry*, Lincolnwood, Illinois: National Textbook Company, 1992.

The Rain Came (1964) *World Literature: An Anthology of Great Short Stories, Drama, and Poetry*, Lincolnwood, Illinois: National Textbook Company, 1992.

Un señor muy viejo con unas alas enormes (1972) *Un señor muy viejo con unas alas enormes*, Norma, 1972.

국어시간에 세계단편소설읽기 1

송무 기획, 전국국어교사모임 엮음

1판 1쇄 발행일 2009년 8월 1일
개정판 1쇄 발행일 2012년 4월 9일
2판 1쇄 발행일 2020년 3월 16일

발행인 | 김학원
편집주간 | 김민기 황서현
기획 | 문성환 김보희 김나윤 김주원 전두현 최인영 김소정 이문경 임재희 하빛 이화령
디자인 | 김태형 유주현 박인규 한예슬
마케팅 | 김창규 김한밀 윤민영 김규빈 송희진 김수아
저자·독자 서비스 | 조다영 윤경희 이현주 이령은(humanist@humanistbooks.com)
제작 | 이정수
용지 | 화인페이퍼
인쇄 | 청아디앤피
제본 | 정민문화사

발행처 | (주)휴머니스트 출판그룹
출판등록 | 제313-2007-000007호(2007년 1월 5일)
주소 | (03991) 서울시 마포구 동교로23길 76(연남동)
전화 | 02-335-4422 팩스 | 02-334-3427
홈페이지 | www.humanistbooks.com

ⓒ 송무·전국국어교사모임, 2020

ISBN 979-11-6080-349-5 44800
　　　979-11-6080-348-8 (세트)

만든 사람들

편집장 | 황서현
기획 | 문성환(msh2001@humanistbooks.com)
편집 | 이영란
표지 디자인 | 김태형
본문 디자인 | 김수연
일러스트 | 최아영